JN084807

わが米本土爆撃

本書に寄せて

父・藤田信雄《のぶお》は大分県西国東郡真玉町金屋《にしくにさきぐんまたまちかなや》という小さな農村に生まれました。平和な世であったならばごく平凡な農夫の一人として、この地で一生を終えたことでしょう。当時、わずか十七軒の集落の金屋には鉄道はおろか自転車すらほとんどなく、片道四キロの真玉尋常小学校まで毎日徒歩で通ったといいます。

暮らしは貧しく、六月ともなると学校を休んで親の田植えを手伝い、冬場は大人たちに交じって木を伐《き》り、養蚕《ようさん》の季節には総出で桑摘みに駆り出されたそうです。

戦前、金屋から山一つ越えた別府湾は連合艦隊の寄港地になっていました。何カ月も厳しい訓練を受けた水兵たちが束の間の休暇に、別府の街に上がって息抜きをするのです。ウェストまでの短いセーラー服、帽子にはペンネントと呼ばれるリボン、袖には桜と錨のマーク。若い士官や水兵たちの鍛えられた体の美しさに父は憧れました。

艦隊が入港すると何万人という将兵が繰り出すため、別府の街は文字通り「海軍さん」一色になります。そのたびに街に行き、海軍さんを「追っかけ」ていた父にとって、海軍さんになるのが子供のころからの夢でした。

昭和七年、試験を受け念願の海軍に入れました。新兵として戦艦陸奥《むつ》乗り組みとなりましたが、すぐに航空科に移ります。きっかけは上官の、

「華奢《きゃしゃ》なお前には砲弾運びは無理だ。持ち前の運動神経を生かして飛行機屋になれ」

というアドバイスだったそうです。

父は一種の記録魔でした。どんなときでも日常の行動や状況を克明に記録し、日記や日誌として残しました。本書はすべてこれらの日記や日誌をもとにしたものです。

もともと筆まめでしたが、航空兵になってからは記録することの重要性に気づき、それを一日も欠かすことなく実行しました。私が今、手にしているのは、分厚い二十七冊のノートです。ノートはA５サイズで、細かい文字で日々の行動がびっしり書かれています。繙《ひもと》くと、たとえば昭和十六年十二月八日のページには、

「待ちに待ちたる日は来た。今朝、機動部隊の飛行機、全力をあげ真珠湾攻撃。遂に英米に対し宣戦布告……」

とあります。

また搭乗していたイ25潜水艦が敵艦を沈めた翌日には、

「米国ラジオ放送で昨日の商船、撃沈されたることを発表。乗組員は救助されたと。戦いはしていても深夜までラジオ放送を行ない、音楽ばかり流している。日本ほど緊張しておらぬと思う」

と書いています。ただ欠落している部分もあり、戦後書き足したと思われる箇所や切り抜きなどを補ったページもあって、雑然とした感じがします。おそらく欠落した部分は、もしもの場合、戦時中にお会いした高松宮殿下にご迷惑をおかけすることを恐れ、人知れず切り取ったものと思われます。

父には、自分が書いたものを世に出すつもりは毛頭なかったと思います。しかし、このまま原稿やメモが散逸してしまうことは忍びないという思いがあったことも事実です。原稿を読み返すうちに、そういう父の思いが、一層強く、伝わってきました。このたびの本では、そうした父の原稿を内容的に組み込む形で編集していただきました。父は亡くなる直前まで日記を書き続けましたが、それを読むと、今さらながら、父の人生は飛行機を降りた戦後にこそ真価があったのではないかと思えてきます。

戦時下、北はアラスカから南はオーストラリアのタスマニア島まで計六千時間も飛行し、世界で唯一、米本土を爆撃した男の記録です。多くの方にお読みいただければ幸いです。

最後に、本書の刊行に当たり、元産経新聞記者の倉田耕一様をはじめ、ご教示いただきましたみなさまに心より感謝申し上げます。

令和三年五月

浅倉順子

わが米本土爆撃

【目次】

第三章　アメリカ本土爆撃

第四章　特攻隊を率いる

第五章　官房長官の善意

第六章　青天の霹靂

第七章　天国から地獄

第八章　大統領からの手紙

第九章　我が人生に悔いなし

あとがきに代えて

解説　エス・チャング

第一章
真珠湾攻撃

伊号第二十五潜水艦

昭和十六年十一月二十一日午後二時十五分、大日本帝国海軍の伊号第二十五潜水艦（以下、イ25と略す）は日米開戦必至という緊迫した空気の中、横須賀を静かに出港した。前日に生活必需品を補給し、魚雷、砲弾、銃弾を満載、さらに百八人分の食糧三十トン、真水二十四トンと燃料三十五トンを積み込んだイ25は、三千トンもの重量を呈していた。

遠ざかりゆく祖国の山々に別れを告げる。これが最後かと思うと、普段見慣れた横須賀の町並みさえも懐かしい。

やがてイ25艦長田上明次《たがみめいじ》中佐から、

「東京湾を出た辺りから時化《しけ》になるようだ。夕食は早めにしよう」

との指示があった。すぐさま「総員手洗い」、次に「食事始め」の号令がかかる。

夕食はご馳走である。ビールと清酒、それに刺身まで付いている。演習ではこんなことはない。テーブルの前に座った艦長に、

「目的地はどこですか？」

と聞いてみると、いつもは陽気な艦長が「さあ」といったきり黙ってしまった。

翌日は時化、翌々日も大時化で、風速は二十九メートルを示した。日中は潜航、夜間は浮上を繰り返しつつ、四日目になってやっと暴風雨域を脱した。艦の動揺も静まり、聞こえてくるのはエンジンの音と筑土《つくど》龍男大尉（先任将校）の号令のみである。

所在ないまま発令所をのぞいてみると、艦長が、

「飛行長、電信室に行くところだ。ちょっと潜望鏡を見ててくれ」

という。

潜水艦では毎奇数時に潜航したまま司令部からの電波を受信するのであるが、深度十八メートル乃至二十メートルでないと受信できない。艦長は深度十八メートルまで艦を浮上させ、潜望鏡を出したところだった。

やったことはないが見よう見まねで両手で把手《はしゅ》をつかみ、クルリと周囲を見渡した。すると遠くにポツリと黒い点のようなものが見えた。何だろうと目を凝《こ》らすと、それがこちらに向かってあっという間に突っ込んできた。

「ワーッ！」

と私が叫ぶのと艦長が電信室を飛び出すのとほとんど同時だった。艦長は間髪を容れず、

「急速潜航ッ、深度四十！」

と怒鳴った。

幸い開戦前で敵機は爆弾を落とさなかったが、なんだかバツの悪い気分だった。

ところで、伊号第二十五潜水艦とはいったいどんな性能の艦であったか。

排水量二千百九十八トン、航続距離十六ノットで一万四千カイリ、水上速力二十三・六ノットで、零式小型水偵一機搭載の乙型潜水艦である。定員は、通常百名であった。

岩国海軍航空隊の、あの広々とした陸上生活から初めて潜水艦に乗り組んだ私は、まず艦内の狭いのと空気の悪いのとに驚いた。

艦内至るところにある機械と計器、こんなにどこに通ずるのかと不思議に思うほどたくさんある電纜《ケーブル》とパイプ、しかも隅々まで無駄なく利用してあるその設計に、目を丸くするばかりであった。出撃時、三カ月分の兵器、食糧、被服、医療品等百人分も積み込むと、狭い艦内は一層窮屈になる。艦内の通路上に食糧と被服が積み重ねられ、その上に幅の狭い板が置かれる。背を曲げて中腰で歩き回る苦痛、突起部に頭を叩きつけて眼から火花が散り、大の男がポロポロ涙を流すことも珍しくはなかった。

そんな艦内で一番暇なご仁が田沢軍医である。彼はれっきとした医大出の大尉なのだが、元は産婦人科医だったそうだ。なにしろ乗組員は屈強な男ばかりだし、薬品の管理などは星衛生

乙型潜水艦

兵曹が引き受けているので、何もやることがない。

そして次に暇なのが飛行長、すなわち私である。飛行機の組み立て訓練や揚収作業などは偵察員の奥田省二《しょうじ》飛行兵曹が率先して私の代役を務めてくれている。したがって非番の乗組員を集めてブリッジをやるのがいつの間にか軍医と私の日課となっている。

ブリッジとは、当時海軍で流行っていたトランプゲームで、山本五十六元帥も大の愛好家だった。元帥は真珠湾攻撃後に、「グラスラは、ほど遠けれど、リダブリて、ジャストメイクの、心地こそすれ」という、およそブリッジ好き以外にはわからないような歌を詠んでいる。

大尉との絆

今日は士官室を借りての開帳である。軍医は非番の魚雷員と組み、私は飛行機と同じく奥田とペアを組んだ。奥田は男の私から見ても惚れ惚れするほどの二枚目で、おまけに背が高い。ただときどき発する「だっぺ、だっぺ」の田舎弁が、九州男児の私にはいささか耳障りである。

「この船はいったいどこに向かっているのかね。筑土の奴、知っているくせに俺に教えないんだ」

と軍医がカードを配りながら口を尖《とが》らせた。

「行き先はフィリピンかシンガポールでねえすか」

と奥田が答える。

「それは違うよ。艦は間違いなく東に向かって進んでいる。それに見ろよ、通路に防寒着が山積みされている。南方に行くなら必要ないはずだ」

私は言下に否定した。

「じゃあ飛行長の予想はどこかね」

「ハワイの敵艦隊をいきなり狙うのではないでしょうか」

「真珠湾か。そうするともう日本には帰れないことになるね。飛行長もそうだが、俺は妻子持ちだ。それに別に志願したわけでもない。やはり子供たちのことが気になるよ」

「軍医殿、もう話はええから、早いとこカードを配ってくだせえ」

こんな他愛のないやり取りを交わしながらも、開戦への期待と不安はいやが上にも高まっていく。

ちなみに、海軍では「軍令承行令」といって、艦長が戦死した場合に次の上位者が指揮を続けることになっているため、常に現役士官名簿の順位により、誰が先任すなわち同階級中のトップかがわかるようになっていた。筑土大尉は軍医を含め五人いる大尉中の先任であるから、誰にも副長だとわかるわけである。

また偶然、実に偶然であったが、筑土大尉は私の妻のあや子とは、東京の青山小学校の同級生で、しかも仲良しだった。このような関係から彼は私の面倒を良く見てくれた。召集されてパイロットになった私と海軍兵学校を卒業した彼とでは階級に差があったが、彼との繋がりはモノクロの艦内生活に色彩を与えるかの感があった。

世紀の一大決戦

私の予言が的中したのは二日後のことである。

突然電信室から岡村兵曹が飛び出してきた。

「艦長ッ、山本連合艦隊司令長官より訓電です」

「よし、読め」

「皇国の興廃かかりてこの征戦にあり、粉骨砕身各員の任を完《まっと》うすべし」

ここで初めて艦長は全員を発令所に集合させて、いった。

「いいか諸君、日本はアメリカに宣戦を布告する。我々は真珠湾攻撃部隊の先陣として、命令が下り次第、飛行機を発進し、湾内を偵察する」

たちまち「オーッ」というどよめきが起こった。

「やっぱりそうか」

「よし、やっつけるぞ」

「どうせなら戦艦か空母と刺し違えよう」

早くも必勝の言葉が交わされる。

艦が潜航すると私は狭いベッドに滑り込んで目を閉じた。潜航中に仕事のない者は努めて寝ているのが潜水艦の不文律なのである。それは、余計な活動をすることによって無駄な二酸化炭素を排出することは限りある空気を汚すことになるからだ。目は閉じたものの、出撃を前にして、なかなか寝つかれなかった。いよいよ驚天動地の大壮挙が決行されるのだ。私は水深三十メートルの海底で静かに命令を待った。

十二月八日、世紀の一大決戦の幕は切って落とされた。夜明け前、イ25は深く静かに潜航したまま真珠湾口に迫る。

午前五時ごろ、深度を上げ、潜望鏡をのぞく。

「総員配置につけ」

艦内神社には新しい榊《さかき》と神酒が供えられ、ろうそくの灯がゆらめいている。

艦内の誰もが「湾内に突入せよ」との命令が来るものと今や遅しと待ち構えた。しかし、一時間、二時間……何の音沙汰もない。

筑土大尉が電信室に行き、「命令はまだか」と催促した。電信員の岡村兵曹は、音信は何一つ逃さじと、レシーバーを強く耳に当てている。と、次の瞬間、岡村兵曹が振り向きざまにいった。

「湾内から爆発音が聞こえます！」

「なにッ、おい、俺に代われ」

ついに海軍航空隊が真珠湾のアメリカ艦隊に襲いかかったのだ。時に七時四十九分であった。

しばらくすると爆発音が艦内にも響くようになった。

「やったぞ！」

「大成功だ！」

「米艦隊全滅か！」

発令所も魚雷室も大騒ぎとなる。

だが私は、このまま終わるのかと思うと居ても立ってもいられない気がした。カーテン一枚で仕切られた艦長室をのぞくと、艦長はつまらなそうに一人でトランプをめくっていた。結局、イ25はこの決戦に一度も参加できなかったのである（オアフ島の北方に迫っていた機動部隊は真珠湾の敵情が不明の場合、イ25の水偵を使用する予定であったが、直前にホノルル領事館の森村正書記生こと吉川猛夫海軍少尉より戦艦九隻、巡洋艦七隻、駆逐艦十九隻、潜水母艦三隻、その他潜水艦など多数在泊という正確な情報がもたらされたため、敵に発見される可能性が高い水偵による偵察を中止したのだった）。

米商船を撃沈

真珠湾をあとにしたイ25は米西海岸に向かい、そのまま哨戒任務に従事した。私は防寒服を着込んだが、それでも寒い。

十二月二十日、とっぷりと日が暮れてから浮上した。すると前方見張りが、

「右方に白灯が見えます」

と報告した。真っ暗で艦橋からは何も見えない。

第二戦速で接近すると、突然目の前にビルディングのようなものが見えた。

「しまったッ」

と叫んだ艦長が「ぶつかるぞッ、取り舵いっぱい！」と声を張り上げた。急転回して衝突を避ける。高速で旋回したため我々は床に投げ出され、艦内のあらゆる物がひっくり返った。同時に天井からドーンという大きな音が聞こえた。飛行機が格納筒の壁にぶつかったのだろう。

敵は大型の商船だった。こちらに気づいて全速力で逃走を図る。逃がすものかと浮上したまま追尾に移る。

グングン接近し、敵船の真横に回り込む。

「射てーッ！」

二本の魚雷が発射された。近距離であるためストップウォッチを見る間もない。たちまち爆発音が起き大振動が走った。

「命中！」

「万歳！　万歳！」

艦内は大変な騒ぎとなる。

「微速、前進」

艦長と航海長が戦果を確認するため艦橋から双眼鏡をのぞこうとした。すると突如、紅の火柱が沖天高く立ち上り、艦と人を赤々と照らし出した。

「あッ、危ない！」

爆発で吹き上げられた敵船体の破片が艦橋や甲板にドタン、バタンと落ちかかってくる。まるで炎熱修羅の世界である。全身火だるまと化した敵船は船尾から徐々に沈もうとしていた。

そのとき艦長が、

「飛行長、上がってこい！」

と怒鳴った。

もちろんこれまで私は海上の戦闘を実際に目にしたことがなかった。垂直の梯子《はしご》を大急ぎで駆け上がった。見ると、沈みかかった船の甲板は地獄絵さながらの凄まじさである。折れ曲がったマスト、ぶら下がったまま燃えるボート、衣服に火がつき絶叫する男たち、何もかもはっきり見える。

「これは凄い……」

私は思わず身を震わせた。

偵察機に爆弾？

十二月二十二日、イ25はさらに敵を求めてロサンゼルス沖に移動し、広範囲にわたって哨戒を実施した。

三日後の十二月二十五日、「米西海岸を離れてクェゼリンに帰投せよ」との命が下った。クェゼリンとは、戦前、日本が南太平洋に領有していた六百二十三の島嶼の一つで、早くから日本海軍が基地を設営していた（現在は米海軍が駐留している）。

その夜、私が横になっていると筑土大尉が差し入れのアイスクリームを持ってやってきた。甘党の私への気づかいである。

「飛行長、クェゼリンに軍令部の参謀が打ち合わせに来ている。俺も会う予定だ。何か飛行長として君の方から伝えたいことはないか」

「それはありがたい。大尉、実は折り入ってご相談したいことがあります」

「何だ、いってみろよ」

私はかねてより胸の内に秘めていた水偵のより有効な活用方法について、彼に思いの丈をぶつけてみた。

「潜水艦に搭載した足（飛行距離）の長い水偵は、偵察活動には欠かせません。しかし地上より砲火を受ければ水偵は逃げ回るしかない。だがこれに爆弾を装着して反撃を可能にすれば、敵の補給路を遮断することもできるようになるのではないでしょうか……」

私は漠然とした案をより具体的にわかりやすく一気に話した。真珠湾攻撃以降のイ25の活躍に対して、私と奥田はあくまでもお客様でしかなかった。我々も御国のために尽くしたいという希望と焦りがゴチャ混ぜになっていたのだ。

「偵察機に爆弾か。なるほど面白いアイデアだな。よし、君は筆まめだから、意見書でも上申書でも何でもいいからうまく文章にしてくれ。艦長に話して、参謀に渡すことにするよ」

それからというもの、私は必死にチャートを広げ、より具体的に案を練り、クェゼリンに着くまでになんとか文章をまとめ上げた。もちろん、これが半年後の米本土爆撃の遠因になろうとは知る由もなかった。

整備長の死

昭和十七年一月十一日朝、イ25はクェゼリン島港内の指定された位置に投錨した。水深が浅いせいか、海の色が美しい。さまざまな色とりどりの魚が泳いでいるのが見える。イ23など僚艦の姿も見える。

我々はすでに次期偵察の内命を受けているため、短期間の滞在である。やがて内火艇が近づき、故郷からの便りを届けてくれた（家族たちには我々がどこにいるのかは知らされていないが、海軍省宛てに手紙を出せば次の寄港地に届くシステムになっていた）。乗組員の中には二十通もの手紙を束で受け取る幸せ者もいる。

私はあや子からの手紙をポケットに仕舞い、水偵の修理に向かった。壁にぶつかった飛行機をそのままにしていたので、まず担当の米川整備兵曹長が内部を調べるため、格納筒の扉を開けようとした。ところが何度やってもビクともしない。見かねた奥田が彼に手を貸したその瞬間、ドーンという大音響がして扉が跳ね上がった。そのはずみで二人は吹き飛ばされ、米川兵曹長は即死、奥田は気絶し、頭部出血の重傷を負った。

傾いた水偵から油が漏れ、気温上昇で内部圧力が極度に高まったことが原因だった。米川兵曹長の胸ポケットからは、まだ開封せぬままの手紙が落ちかかっていた……。

その夜、遺体はヤシの林の中に運ばれ、荼毘《だび》に付された。従軍僧の朗々たる読経が、密林に染み渡っていった。

この事故でイ25の出港はしばらく延期となっていたが、一月二十六日、奥田がひょっこり戻ってきた。まだ痛々しい包帯姿だが、「元気になりました。もう心配ありません」という。その夜は彼の退院を祝って甲板上で宴会を催したのだが、久し振りに酒を飲んだせいか奥田は酔っ払って、そのうちに寝てしまった。

翌朝、艦長は「出港準備完了」を司令部に申告、折り返しイ25の次期偵察概要が知らされ、オーストラリアへの単艦出撃と決まった。司令部からもどこからも指図を受けずに行動できるので、艦長は喜んでいる。乗組員もオーストラリアと聞いて俄然、気勢を上げ始めた。

第二章
オセアニア偵察

一路シドニーを目指す

二月八日、イ25は基地隊員の見送りを受け、午後四時十五分、クェゼリンを出港した。

このころ日本海軍は、前年十二月八日の真珠湾攻撃、その二日後の英東洋艦隊全滅に乗じ、矛先をオーストラリアに向け、米豪遮断作戦を準備中であった。このため軍令部はシドニー及びメルボルン港方面の敵情を知る必要に迫られていたのだ。

翌日、イ25は早くも北半球から南半球に入った。私はこのとき二十九歳、生まれて初めて赤道を通過した。戦争でなければ、仮装をしたり裸踊りをやったりしながら通過するのが習わしらしい。赤いはずはないが一応、みんなと一緒にデッキに出てみたが、もちろん何の変哲もない普通の海原だった。快晴、波静か。第二戦速、針路八十九で艦は進んだ。

二月十一日、今日は紀元節である。甲板に整列した我々は、君が代のラッパを合図に遥か北方に向かいて最敬礼し、陛下のご安泰と皇室の弥栄《いやさか》を祈り奉った。終了後、一同打ち揃って艦内神社に参拝し、豪勢な料理に舌鼓を打つ。

やがて日米両軍が血みどろの激戦を展開することになるガダルカナルを通過し、ニューカレドニアの沖合を南西に進み、一路シドニーを目指した。

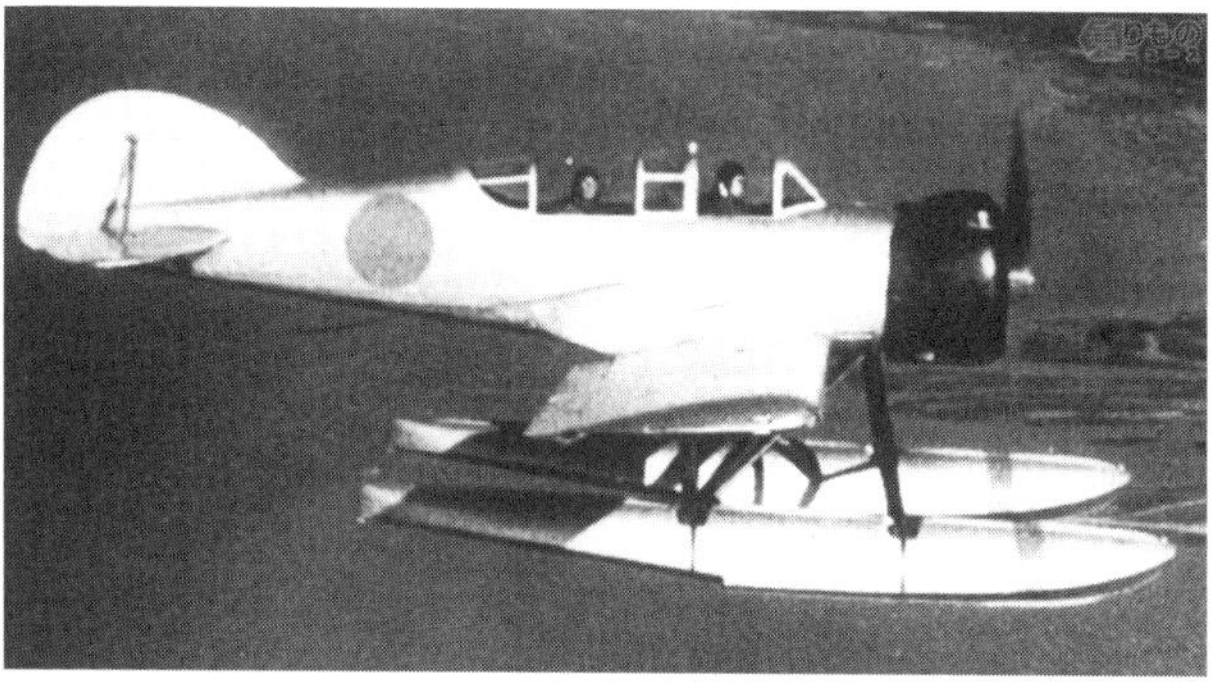

零式小型水上偵察機

二月十三日夜、シドニー港まで六十カイリの地点で浮上。艦橋に上がってみると、空には南十字星が美しく輝いている。しかし風が強く、波が高い。これではカタパルトで発艦はできても、着水が難しい。艦長は飛行中止を命じた。

二月十七日未明、艦はシドニーの山影が見えるところまで接近した。海は昨日までの風浪が嘘のように静まり、穏やかに凪《な》いでいる。頃やよし。午前五時、

「飛行機発進準備、作業かかれッ」

艦内に艦長の大きな声が響き渡った。

たちまち待機していた水兵たちがデッキを飛び降り、飛行機を格納筒から引き出し、列車の屋根ほどしかない狭い甲板上で組み立てを始める。わずか八分で組み立て完了、代わって整備兵がエンジンのスイッチを入れた。私は右足の太股《ふともも》に新品の記録板をゴム紐で留め、日本刀を手に操縦席に乗り込んだ（軍刀の持ち込みは禁止されていたが、自決

用として特に許可されていた）。後席の奥田も準備万端、いつでも発進可能だ。

夜明け前の一番星、明けの明星がひときわ光り輝く素晴らしい黎明《れいめい》である。

「飛行長、大丈夫かッ」

艦橋からの艦長の言葉に私は右手をグルグル回して「異常なし」を伝えた。

日本機、見参！

いよいよ発艦である。艦首に取り付いている筑土大尉が合図の赤ランプを二回、大きく振った。その瞬間、水偵は長さ十六メートルのカタパルトから射出され、ついにイ25を飛び立った。

機は左旋回しつつ徐々に上昇、針路二十五度で水平飛行に移った。西空の彼方にはオーストラリア大陸の山並みが仄暗く横たわっている。灯台が見え、街の灯りも見える。爆音以外の音は何も聞こえない。最高の飛行日和だ。戦争でさえなければ若い奥田と二人の遊覧飛行である。

やがて高度二千五百メートルでシドニー湾の南、約二十キロの地点に達した。この地にはオーストラリアの海軍兵学校があるはずだ。思わず「いざ見参！」と叫びたくなる。

およそ二十五分が経過したころ、まぶしいばかりの太陽が水平線を昇った。たちまちシドニー市街が眼下一面に照らし出された。想像以上の大都会だ。上空から幾度か眺めた我が東京のような平面的な都市ではない。前方を見やると市街地に深く入り込んだシドニー湾の上空に薄い雲が浮いている。子供のころ、母親から買ってもらった夜店の綿菓子を一瞬思い浮かべる。

市街地の北西に回り込み、レバーを絞り、徐々に高度を下げ、雲の下に出た。すると、

「いた、いた！」

大型軍艦が一隻、駆逐艦が二隻、それに潜水艦が五隻、仲良く接岸しているのがはっきり見て取れた。よく見ると大型艦は三本煙突が特徴の、豪海軍が誇る巡洋艦であることがわかった。さらに湾の内側には二列の黒い杭が櫛の歯を引いたように延々と築かれている。おそらく日本軍の上陸をこれで阻止しようというのだろう。これも図板に正確に記入させた。

高度計を見るといつの間にか千メートルを示している。この高度だと高射砲で撃ち落とされる可能性が高くなる。気が気でない。一刻も早くこの場を去りたい。

「奥田、記入漏れはないかッ」

「ありません」

「よし、引き返すぞ」

「ヨーソロー」（了解）

時速百八十キロで一路母艦を目指す。途中、シドニー方向に進む二隻の大型商船とすれ違った。無電を打たれたかもしれぬと心配になる。

十一時になった。何も見えない。目と耳に全神経を集中する。

大海原では潜水艦といえども、かすかな「点」にしか見えない。もし帰艦時に母艦を発見できなければ、生命はないものと覚悟しなければならぬ。しかもそのとき艦が潜航していたら、それでおしまいである。あるいは万一敵機に発見され、追跡された場合も帰艦することは許されない。母艦との合流地点を敵に教えることはすなわち、母艦が撃沈されることを意味するからである。だからといって不時着しようにも海の上にそのような場所があるはずはない。

十二時になった。まだ見えない。

一時、さすがに母艦が敵に発見されたのではないかとの不安が募る。

「奥田、まだ見えんか」

「何も見えません」

燃料タンクのゲージがついに「赤」を指した。

そのとき、水平線の彼方にポツンと発煙筒の黒煙が上がった。

「奥田、変針するぞッ」

十分後、やっと母艦を発見、無事着水し、揚収された。

艦の発見が遅れたのは、出発時の天測のミスによるものだった。

九死に一生

オーストラリアの二月は、日本の九月ごろの気候である。暑くもなく、寒くもなく、とてもしのぎやすい。空は晴れ、海上も穏やかだ。イ25は次の目的地であるメルボルンに向けて南下を続けた。

二月二十六日、タスマニア島をぐるりと一周したのち、メルボルンとの中間に位置するキング島の沖合七カイリで浮上した。艦長は前回の失敗に懲りて、岬の灯台が絶好の目印となることの場所を合流地点に決めたのである。

二月二十八日の夜明け前、艦長より、

「発進用意！」

の声がかかった。

直ちに操縦席に乗り込む。上空を見上げると宝石を散りばめたような星空である。筑土大尉の合図で発進、エンジンを全開にしたままひたすら上昇を続ける。

高度千五百メートルに達したとき、突然明るかった星空が消え、辺りは真っ暗になった。密雲に突っ込んだのだ。水偵のようなちっぽけな飛行機にとって乱気流は大敵である。たちまち機体がガタガタと激しく揺れ始めた。空中分解……の文字が脳裏をよぎる。

格闘すること十数分、やっと雲が切れ、再び星が顔をのぞかせた。高度三千メートルで水平飛行に移る。針路を北西に取るころには、辺りがやっと明るくなってきた。気がつけばなんと下界は一面、雲の絨毯《じゆうたん》と化している。その壮大さに思わず感動する。

そろそろフィリップ島上空だろう。とすれば、メルボルンを擁するポートフィリップ湾の入口、ギーロングの町が見えるはずだ。私は、「奥田、雲の下に出るぞ」といって機体を七百メートル、五百メートルとゆっくり降下させた。だが、まだ雲の下に出ない。さらに三百メートルまで下げると、やっと雲が流れて視界が開けた。そのとたん、私の目にズラリと並んだ戦闘機と爆撃機がパッと飛び込んできた。よりによって敵飛行場のど真ん中に舞い降りてしまったのだ。あわてて急上昇して雲の中に姿を晦《くら》ました。幸い今日ばかりは身を隠す雲には不自由しない。

「天運、我に味方せり」

と感謝した。

雲間を出たり入ったりしながら飛行を続け、メルボルン上空で針路を変え、ポートフィリップ湾の北側で再び高度を三百メートルに下げた。低空のまま湾に沿って飛ぶと、赤、黄、青色の瓦の家々が点々と視界に映る。単色の日本の屋根と違い、まるで百千の信号が光っているようで実に綺麗だった。

東京湾の二倍もある広い湾内の偵察は容易ではない。やっと商船二十数隻を確認し、機首を返そうとしたとき、眼下に白い航跡を発見した。その跡を辿《たど》っていくと、いた、しかも艦隊である。六隻が単縦陣で進んでいる。

「奥田、下を見ろッ、敵だッ」

私は奥田が確認しやすいように機をゆっくり旋回させた。結果は重巡一隻、軽巡五隻であった。

目的を果たし、帰途を急ぐ。やがてキング島が見えてきた。岬の白い灯台が幻想的だ。待機していた母艦の上空を旋回しながら降下に移る。すぐ近くに着水し、急ぎ揚収を終えた（これは戦後になってわかったことだが、実は我々はメルボルン郊外のラバートン空軍基地に所属していたオーブリー・オートン上等兵に目撃されていたのであった。以下は彼の回想である。「夜明けごろ、フロートを付けた珍しい形の飛行機が見張りの任務についていた私の方に向かってきた。まるで蝶のようにゆっくりと私の頭上スレスレを通過した。そのため翼の日の丸と、搭乗員の顔までが手に取るように見えた。パニックに陥った私は一目散に宿舎まで走り基地司令を叩き起こした。だが彼は一瞬躊躇し、国防軍本部にお伺いを立てた。十五分後、このお役人の『撃墜せよ！』の命令で五機のバッファロー戦闘機が発進したが、時すでに遅し、湾の上空はもぬけのカラだった」。

幸いにも基地司令が自身では判断できない男だったお蔭で、我々は九死に一生を得たのであった）。

ニュージーランド富士

二月二十八日、イ25はタスマニア島の南端、ホバート湾の沖合二カイリの地点に達した。二日間待機したあと、湾内を偵察したが、軍艦は一隻も発見できなかった。煙突から赤い炎を吐き出す製鉄所と、山の頂上まで続くハイウェイをスケッチして帰投した。

三月五日、ニュージーランドの北島と南島を分ける狭いクック海峡を疾走し、首都ウェリントンを目指した。

翌朝、いったん、浮上。だが霞がかかっていて陸地はなかなか姿を現わさない。

八時過ぎ、やっと視界が開けた。

「取舵」

「もどせ」

「ヨーソロー」

みるみる山影が近づいてきた。艦長は潜望鏡を上げたまま二カイリまで接近し、突然私に、

「飛行長、面白いものが見えるぞ、のぞいてみろ」

といってニヤリと笑った。

何だろうと潜望鏡をのぞき込んだ私は、思わず「アッ」と声を上げそうになった。なんと画面に富士山と瓜二つの山が聳《そび》えていたのだ。しかも麓には白い煙を勢いよく上げながら機関車が走っている。新兵時代に三保の松原へ水泳訓練に行ったとき、沖から見た富士山の光景そのものだっ

ニュージーランド富士

た。

この海峡は、最も狭いところでは幅十八キロしかない。そのためしきりに商船が往き来している。しかも風が出てきた。やがて風速は二十メートルにもなった。太陽はすっかり顔を出している。

「今日は中止する」

艦長がポツリと呟いた。

「いや、行かせて下さい」

「だめだ、飛行長、焦りは禁物だぞ」

翌朝未明、まだ少し風があった。だが、水上発進で行けそうだ（前回のホバート湾偵察の際、揚収中に大波を受け翼端をぶつけたため一時カタパルトが使えなくなっていた）。

私は艦長の前に進み出た。

「出発させて下さい」

「わかった。無理はするなよ。飛行機の替えはあっても貴様らの替えはないからな」

部下思いの艦長の言葉である。

さっそく筑土大尉が指揮して機をクレーンで海面に下ろす。すぐにエンジンを増速して滑水、離水を開始した。やがてフロートを叩いていた波音が消え、エンジン音のみが夜空に響く。

　ウェリントンは周囲を山で囲まれた天然の良港である。加えて両岸がせり出し、遠くからでは湾内の様子は全くわからない。湾に近づくにつれ街の灯りがキラキラ輝き、実に美しい。高度を千五百メートルまで下げると、港に停泊する船舶が月明かりで手に取るように見えてきた。だが湾内を隈なく捜したが、軍艦の姿は発見できなかった。

　三月十二日、ニュージーランド北島のオークランド軍港を偵察するも、空振りに終わる。

恐怖のサーチライト

　三月十九日、イ25は針路三百六十度で北上して再び赤道に近づき、早朝、イギリス軍の根拠地、フィジー島のスバ軍港への偵察飛行を実施した。まだ朝靄が立ち込める湾の上空から二本マストの英軽巡一隻と商船四隻を確認する。高度を下げてみると湾のあちこちに防塁が施され、その上に砲台陣地が構築されているのが見えた。湾を抜け島の東側に出ると、遥かに延びる海岸線に沿ってバナナの林がどこまでも続いている。

「フィジーのバナナは世界一うまい」

と誰かがいったのを思い出した。

エメラルド色のサンゴ礁の海が美しい。奥田も見とれている。

「飛行長、海は南へ行くほど美しいのですかね」

「そんなことはないよ。日本の海は潮流の影響で黒いんだ」

「へえー」

「奥田、そろそろ引き返そう。針路はどうか」

「はい、三十分足らずで帰着できます」

「よし」といいかけたそのときだった。急に目の前に強烈な光が飛び込んできた。

「何だッ、これはッ」

奥田が風防を開け、地上を見下ろした。

「飛行長ッ、敵が探照灯を焚いていますッ」

「しまった」

敵に気づかれたのだ。

とても目を開けていられない。そのうち頭もフラフラになってきた。一刻も早くこの強烈な光の渦から脱出したい。目を閉じたまま機を右や左にと急旋回させたり横滑りさせたりしてみるが、どうにもならない。

「飛行長ッ、このままでは高射砲にやられますッ」

奥田の声がうわずっている。

「よし、イチかバチかだ、探照灯に向けて味方識別信号を出せッ、発光信号だッ」

奥田はすぐに身を乗り出し、

「トン・トン・トン・ツー・トン・ツー……」（よく見ろ、よく見ろ……）

と発光した。

すると敵兵は何を思ったか、

「トン・ツー・トン」（了解）

と応答し、探照灯を消してしまった。

すかさず急降下し、フルスピードで海面スレスレを飛び、なんとか虎口を脱することができた（しかし日本語は伝わらないはず、しかもなぜ了解のサインを送ってきたのか、ずっと不明だった。だが戦後、あるニュージーランド人パイロットの戦記を読んだときにその謎が解けた。イギリス軍は我々の侵入をとっくにレーダーで察知し、ニュージーランド空軍に戦闘機を発進させるよう連絡していたのだ。間もなく友軍戦闘機が接近してきたため、撃墜しやすいようにわざと探照灯を消したのである。もしあのときフルスピードで急降下しなかったならばどうなっていたか。背筋の凍る思いがした）。

三月二十日、米軍の根拠地、サモアのパゴパゴ軍港偵察に向かう。

二十五日、パゴパゴまでの距離わずか二カイリの地点まで進出した。だが風浪が激しく、発進は無理と判断された。やむなく軍港の入口まで接近し、潜望鏡で偵察したが、小さな商船ばかりで軍艦は一隻も発見できなかった。

南海の楽園

作戦に一段落を告げたイ25は、次の命令を受領するため横須賀に帰投することになり、燃料補給のため一路トラック島に向かった。

三月二十九日、南から北へ赤道を越え、味方の制空圏に入った。乗組員たちはさっそく艦内の清掃や私物の整理をしたりして上陸に備えている。

トラック島は我が連合艦隊の南洋における最大の泊地である。日本人が三万人も暮らす島には映画館や旅館、それに「小松」「南華亭」といった高級料亭も軒を連ねていた（現在、島は廃墟になっている)。

その日の午後、上陸を前に軍医から全員に病気予防についての講義があった。さすが産婦人科医だけあって、そっち方面の話は実に詳しかった。

三月三十日、トラック島の夏島が見えてきた。すぐに内火艇が迎えに来て、「ワレニ続カレタシ」と手旗で信号して誘導を始める。湾内には戦艦が停泊しているために、港口には防潜網が張ってあるらしい。したがって味方といえども勝手に入り得ないのだ。

案内されるままに港内を進んだイ25は、内地までの重油をたっぷり補給するため、給油艦隠《おん》戸《ど》に横付けされた。その間、乗組員たちには、待ちに待った外出が許可された。

空には白いカモメが飛び交い、浜辺にはバナナやヤシの木が茂っている。勝ち戦《いくさ》のせいだろう、戦争の気配などみじんも感じられない。司令官などは和服姿で歩いているという(まさか二年後、この基地が大空襲を受け潰滅することになろうとは想像すらできなかった)。

午後六時、束の間の休息を楽しんだイ25は緑の夏島をあとにした。艦内では二カ月ぶりに一風呂浴びた男たちが石鹸とポマードの香りをプンプン漂わせている。軍医が、

「ほう、見違えたねえ、美男コンテストに出したいくらいだ」

と妙に感心していた。

天気は快晴、無風の熱帯の海を、白い航跡を残しながら、艦はまっしぐらに故国へ故国へと進んでいく。

四月五日、一面桜に覆われた懐かしの母港に無事、帰り着いた。オーストラリア・ニュージーランド偵察という前人未到の大役を果たして生還したのだ。どの顔にも喜びが溢れていた。

第三章
アメリカ本土爆撃

ドゥーリットル空襲

終戦から三十五年の歳月が過ぎていた。米ソの冷戦もなんとか収まり、人々は平和を謳歌していた。昭和五十五年十月五日、東京・原宿はからっと晴れ、うっすらとかく汗が心地よい日よりだった。この日、東郷神社境内に建つ潜水艦殉国碑の前庭で、潜水艦戦没者慰霊祭が行なわれた。昭和天皇の弟君、高松宮宣仁《のぶひと》殿下が台臨され、東郷神社宮司、筑土龍男の先導により席に着かれた。

『日本海軍潜水艦史』上梓《じょうし》を機に実現の運びとなったこの慰霊祭には、生存者四百四十名、遺族三百六十名が参列した。私も生き残りの一人として碑前に頭を垂れた。全国から集まった生存者・遺族にはかなりの高齢者も交じるが、併せて前日靖国神社で行なわれた慰霊祭にも我々は参列し、その強い思いが両日の晴天を招いたようである。

慰霊祭の前後には、たくさんの参列者が殉国碑の前に立ち、離れるのを惜しんでいつまでも碑文に見入っている。碑文は名記者と称された伊藤正徳氏の撰である。

「碑文

潜水艦勇士に捧ぐ

太平洋戦争中、百二十余隻の潜水艦と共に戦没された一万余人の乗員諸君、特殊潜航艇及び回天決死隊諸君、また諸公試、演練に殉難された諸君。諸君の遺骨は海底深く沈んで之を回収する途がない。しかしそれは国難に赴いた諸君の忠誠が、そのまま其戦場に在ることを意味する。民族の急を救うべく戦った犠牲の精神は永久に其処に活きている……」

この慰霊祭は、戦後海将を務めた筑土宮司にとって、神職の身を超える軍人としての意義を含んだものだった。さらに、高松宮殿下にご参列いただいたことが格別感慨を深くしていた。そして、一心に祈りを捧げる高松宮殿下の御姿に一同は感動した。そのとき、私の脳裏に、殿下にお会いした遠い日の光景が浮かんでいた。

昭和十七年四月十八日、日本本土が初めて空襲に見舞われた。米空母から発艦したドゥーリットル中佐が指揮するB25爆撃機十六機は、東京、川崎、横須賀、名古屋、四日市、神戸を爆撃した。大本営は「敵機九機を撃墜、被害軽微」「我が陸海両航空部隊の反撃を受け、敵は逐次退却中」と発表したが、通報を受けた陸海軍の航空隊は、行き違いなどもあって、結局有効な反撃をすることができなかったのである。

翌十九日、霞ヶ関の軍令部は蜂の巣をつついたような騒ぎになった。同日の朝日新聞は「鬼畜の敵、校庭を掃射」と報じていた。ドゥーリットル隊は、国際法上禁じられている「民間人に対する攻撃」を行ない、あまつさえ小中学校まで爆撃の的として、学童たちの殺傷にも及んだのである。日本国民の怒りは沸騰していた。

軍令部第三課では朝から会議が開かれ、果てしない議論が繰り返されている。会議には軍令部員であられた高松宮殿下も出席された。

「国民は敵機の侵入を許した陸海軍を非難している」

「九機撃墜という発表は嘘だといっておる」

「これはなんとしても報復しなければなるまい」

「そうだ。我々も米本土空襲をやろうではないか」

「どうやってやるのだ？」

「航空母艦の使用は連合艦隊が承知すまいぞ」

「しからば潜水艦から飛行機を飛ばすしかなかろう」

「そんな荒業をやってのける飛行士がいるだろうか？」

潜水艦からの攻撃と聞いて、高松宮殿下が末席の方に視線を転じ、先ほどから発言を控えている筑土大尉を捉えた。殿下は、海軍兵学校の後輩である筑土に目をかけていた。その眼は「心当たりがあるのか」と問いかけているようでもあった。

筑土は、小さく頷いた……。

軍令部からの電報

昭和十七年五月十一日から二度目の米西海岸哨戒に向かい、アストリア砲撃や輸送船撃沈などの戦果を挙げたイ25は、八月一日、修理と乗組員の休養のため母港横須賀の岸壁に係留されていた。この日の午後から私は「入湯上陸」の予定だった。すなわち三日間の外出が許可されていたのだ。

この二カ月後に私は三十路《みそじ》の誕生日を控えていた。長男の保芳《やすよし》は国民学校の一年生になったばかり、長女の順子《よりこ》は二歳になろうとしていた。山口県岩国の官舎から母子三人はもう、横浜市田浦の私の下宿に着いているはずだ。久し振りの再会に家族の有難さ、大切さが身に沁みる。

私は保芳にある約束をしていた。前々からオルガンを買ってほしいとねだられていたのだ（そのころの私の月額手当は本俸三十五円、航空手当三十円、カタパルト射出手当十五円、夜間飛行手当十五円など計九十五円ほどであった。食事、衣服は無料であるし、それに、私と奥田には特に航空糧食すなわち当時は貴重だった牛乳一本と卵一個が毎日支給されたので、それらも合わせると毎月の手当は現在の五十万円ほどの価値があったのではないかと思う）。今回は手当を全部はたいて鎌倉にそれを買いに行くつもりである。ついでに鶴岡八幡宮に参拝して由比ヶ浜で鰻を食べようと手紙で約束していたから、さぞあや子も心を弾ませていることだろう。

そのとき突然、通信班の菊地智晴一水が通路を駆けてきた。

「飛行長、艦長がお呼びですッ」

内心、「まずい」と思った。いやな予感がしたのだ。

艦長室に行くと艦長が「たった今、こんな電報が来た」とそれを差し出した。狭い艦長室はベッドと小さなテーブル、書庫、イスがあるだけの殺風景な空間である。

「伊号25潜水艦飛行長、本電ヲ受領次第、軍令部第三課ニ出頭セヨ」

軍令部とは、海軍の作戦や部隊編成、運用、演習、情報収集、分析などを担当する中枢機関である。それは陸軍の参謀本部に相当した。同じ海軍のもう一つの中枢機関である海軍省は軍備や海軍行政、教育などを担当する。戦争遂行上の作戦や戦術など実際的な運用面を担当したのが軍令部で、その最高責任者は軍令部総長である。連合艦隊司令長官の山本五十六元帥も組織的には総長の指揮を受けていたのである。

家族との行楽気分も吹き飛び、逆に不安な気持ちが真夏の積乱雲の如くふくらんできた。

「これはどういうことですか？」

「俺にもわからん。しかしまあ、軍令部に行けば用向きがわかるだろうよ。すまんがこれからすぐ行ってくれ。相手はたぶん、井浦中佐だろう。彼は俺もよく知っている。潜水艦乗りから軍令部の参謀に上がった人だ。井浦中佐に会えば、君を呼んだわけを話してくれるだろう」

井浦祥二郎中佐は田上艦長と同じ海軍兵学校五十一期出身である。イ74潜水艦艦長や第三潜水戦隊先任参謀を歴任し、開戦後は軍令部の潜水艦作戦に携わっている。

どうして自分みたいな下っ端の者が軍令部から呼び出されるのか見当がつかなかった。だが艦長を見ると、あまり心配しなくてもよいというような表情である。何かを知っているようだ。

さっそく真っ白な夏の軍服に着替えた。口を尖らす保芳の顔を思い浮かべながら、横須賀駅で新橋行きの切符を買った。そして電車に乗り込んだ。車窓からは訓練中の飛行機が見える。その瞬間、脳裏にある記憶が甦った。

「ああ、あのことと関係があるのかな……」

私はその十日ほど前、横須賀海軍航空隊に行った際、航空技術廠にも立ち寄った。たまたまそこでは零式小型水偵（通称「金魚」）に爆弾投下機を取り付ける作業をしていた。

「爆弾を積めるんですか？」

私は訊いてみた。

「ええ、命令でね。すべての金魚に爆弾の投下機を取り付けるんです。そのために翼の補強も、もちろんやります。あなたの機にも取り付ける予定ですよ」

顔見知りの技術担当者はそう、何気なく喋った。

確かに思い当たるふしがあった。そのときはきれいさっぱり忘れていたが、水上機の運用についての意見書が、私の知らないところで採用され、実現化しようとしていたのだ。

高松宮殿下に会う

私は新橋駅で下車し、霞ヶ関の軍令部に向かった。今は裁判所となっている古風な赤レンガの建物の前に佇む。少将や大佐といった高級将校が綺羅星《きらぼし》の如く目の前を通り過ぎていく。一介の飛行機乗りなど一人もいない。玄関で官姓名を名乗り、二階への広い階段を上った。それから右に折れ、「軍令部第三課」と書かれたドアをノックした。

「入れッ」

と応答があり、私はおそるおそるドアを開いた。

「伊号25潜水艦飛行長、ただいま参りました！」

「おう、ご苦労、こっちに来てくれ」

男は手招きした。

「俺は井浦だ。田上は変わりないか？」

「はい、お元気であります」

「実はね、今度、ドゥーリットルの空襲に報復するため、君のところで米本土の爆撃をやってもらいたいんだ。詳しいことはこれから俺たちが会議で説明する。すでに殿下がお待ちだ」

出し抜けに「米本土の爆撃」さらには「殿下」と聞かされ、私は体中の血が逆流し、熱くたぎるのを感じた。

会議室には数人の将校がいた。その中に天

高松宮宣仁殿下

皇陛下の弟君、高松宮宣仁殿下の御姿があった。よく見ると、殿下は参謀肩章を付けておられる。私より六つ年上で、このとき軍令部に勤務されていた。そもそも皇族が臨席される会議に私如き飛行士が列《つら》なるなど、ありうべからざることである。

私が着席すると、参謀モールを着けた殿下の副官が丸筒を小脇に抱え、慌ただしく会議室に入ってきた。長身でほりが深い。軍人というより高級官僚のような雰囲気だ。すぐにチャートをテーブルに広げた。すかさずその地図の一点に井浦中佐が朱色の丸印を付け、私に向かってこう告げた。

「アメリカ爆撃はこのオレゴン州の森林が目標だ。そこに焼夷弾を投下してもらいたい。副官はすでにシアトルにいた元総領事と打ち合わせをしている。詳しいことは副官から説明していただく。よく聞いておけ」

一瞬、耳を疑った。

「山林なんか爆撃して、何の効果があるんだろう。せめてサンディエゴかロサンゼルスを狙うべきだ」

私は興奮していた気持ちが一気に萎えるのを感じた。

「それでは私から説明する」

副官はチャートに視線を落とし、話し始めた。

「アメリカの西海岸は森林が多く、レッドウッド（アメリカスギ）という巨木が聳え、しかもほとんどが原生林で、彼らが一番恐れているのは山火事である。自然発火することもまれにある。西海岸の大森林でいったん火災が起きると、手の施しようがない。猛烈な熱風が近隣の町を襲い、炎はすべてを焼き尽くす。こうなると、多くの住民は命からがら避難しなければならない。焦熱《しょうねつ》地獄で心身ともに疲労困憊してしまうのだ。したがって敵の最も苦痛とする森林火災を、飛行機から焼夷弾を投下し、発生させれば、敵に与える心理的効果は絶大なものとなる」

それから副官は殿下の顔をチラリと見て、

「それに我々はアメリカとは違う。民間人を殺傷するわけにはいかない」

と締め括《くく》った。

「そうか、市街地攻撃に殿下は反対なのかもしれない」

私は説明を聴き、すぐに気持ちを切り替えた。

改めて殿下に最敬礼をし、井浦中佐から二枚のアメリカ西海岸の地図を受け取り、会議室を出た。そのとき、私は背中から汗が滴り落ちるのを感じた。

「よし、やってやるぞ」

米軍の厳重なレーダー網をかい潜《くぐ》り、米本土に侵入し、爆撃投下を敢行すれば、敵は本土防衛に多大な精力を注がねばならなくなるだろう。それ以上に、この空襲が成功すれば、我が海軍をはじめ多くの国民の士気を鼓舞することになるはずだ。私は帰りの電車で一人、興奮した。

それからというもの準備と訓練で目が回るほど忙しくなったが、艦長の計らいで一日だけ外出が許可された。私はこのときとばかり家族を連れて鎌倉に出かけ、オルガンを買い、鶴岡八幡宮への参拝も済ますことができた。

征途につく

昭和十七年八月十五日午前九時、イ25は横須賀軍港の岸壁を静かに離れ始めた。甲板に整列した艦長以下百八名の乗組員は房総と三浦半島の山々を名残惜しそうに眺めている。彼方には富士の霊峰が真夏の陽光を浴びた勇姿でいつものように見送ってくれる。

すれ違う漁船から乗員たちがちぎれんばかりに手を振ってくる。デッキからそれに応える。風はなく晴天である。だが飛行機に加え爆弾と魚雷を満載した艦はピッチングが激しく、艦首からもの凄いしぶきを上げている。東京湾を出ると七十度に変針し、東北方すなわちアリューシャン列島方面に進路を取った。

やがて四、五日も走ると涼しさを覚えるようになった。私は仕事がないので毎日手持ち無沙汰である。例によって筑土大尉の後任である福本一雄大尉や田沢軍医らを相手に士官室でブリッジに打ち興じた。

間もなくラジオからアメリカの日本向け短波放送がクリアに流れてくるようになった。アナウンサーは日系人なのであろう。流暢な日本語で、

「アメリカは関東大震災でも多大な援助を行なったのに、日本はそうした恩義を忘れて我々を攻撃している。義理人情に厚い日本人はいったいどこに行ってしまったのか」

「真珠湾で捕虜になった海軍少尉を我々は手厚く保護している。軍閥の頭目、トージョーに踊らされることなくあなた方は早くこの愚かな戦争をやめるべきだ」

などといっているが、まともに聞く者はいない。

九月に入ると、米西海岸に接近するため、艦はやや南に変針した。穏やかな航海である。日が傾くころ、私は水兵たちを集めて甲板上で輪投げを始めた。私はこの輪投げが得意である。水兵たちは私をなんとかへこましてやろうと、野次ったりグルになって反則をやったりする。私はますますムキになって、しまいには我を忘れて熱中し出す。

「おい飛行長、水兵たちにからかわれているんだぞ。いい加減にしておけ」

見かねた艦長が見張りの手を休めて声をかけた。

「はぁ、わかりました……」

私はそういって両手で顔のほてりを押さえた。

翌日、甲板に水兵たちを集合させ、洋上で飛行機の発艦と収容の訓練を行なった。もちろん、今回の出撃の目的が、米本土空襲であることは誰も知らない。知っているのは艦長と先任将校と私だけである。だが覚悟を促すため、私は奥田にだけは打ち明けていた。

実は日本を離れる前から私は、臨戦態勢のアメリカが全土にわたっていかに多くの空軍基地を建設し、また優れた防空システムを張り巡らしているかを充分承知していた。一度、米本土上空に到着すれば、敵から必ず発見されるであろう。たちまち殺到する戦闘機から雨のような銃撃を浴び、撃墜されるのは、時間の問題と確信していた。

ではどうするか。

私は色んな場面を想像して、いよいよ最後のときには暗号書をまず沈め、そしていつも持参する拳銃で燃料タンクを撃ち、流れ出るガソリンに火をつけ、その後に奥田と自害することに決めていたのだ。

艦長の訓示

九月四日、イ25はオレゴン州北部のアストリア沖に到達した。

前回の米西海岸哨戒中の六月二十二日、イ25は満月の夜、漁船群に紛れ、この地の郊外にあるフォート・スティーブンス陸軍基地の砲撃を行なった。そのときは私も艦橋から、漁業灯に照らされた馬場少尉が十七発の十四センチ砲弾を連続射撃するのを見ていた。敵はサイレンを鳴らし、まったく上を下への大混乱を呈していたが、イ25は漁師たちがあっけに取られる中、浮上したまま悠々と引き上げたのだ。

それからまだ二カ月しか経っていない。きっと敵は砲列を敷いて待ち構えているに違いない。さしもの艦長も今度ばかりは、潜航したまま素通りした。

艦はさらに南下、それにつれてうねりは次第に大きくなる。そしてオレゴン州ブランコ岬より五十カイリの地点まで進出したとき、突然艦長が全員に集合を命じた。そして次のように訓示した。

「いいか諸君、本艦はこれよりアメリカ本土攻撃を行なう。知っての通りさる四月十八日、我が帝都東京は米国陸軍重爆B25に爆撃された。神州始まって以来の恥辱、これ実に、昭和の元寇である。加えて幼い人命を失ったことは、誠に痛恨の極みである。攻撃は藤田、奥田両君の、水偵による空爆である。これは東京空襲に対する我々からの心のこもった返礼である。借りはきっちり返してやろうではないか。米国建国百六十年、アングロサクソンの鼻っ柱を我々がへし折ってやるのだ」

たちまち艦内は万歳と喚声で興奮のるつぼと化した。

敵はこの海面に日本軍の潜水艦が進入しつつあることを察知して、今度こそは撃沈しようと連日、飛行機、哨戒艇を多数出動させている。そんな場所へ潜入して小型偵察機を射出し、陸地に爆弾を落とすのだから、これはもう好んで死地に赴くようなものである。昼間はうっかり潜望鏡が出せない。もっぱら聴音器で敵の動きを探るしかなかった。

夜、浮上するとオレゴン州のブランコ岬の灯台からの明かりが美しく見えた。艦長は夜が明ければ、攻撃を命じるつもりである。飛行機の発艦位置と帰艦時の合流地点を選ぶべく、しばらく夜の海上を灯台からの明かりを頼りに走り回る。外気の温度は十七度、作業には支障のない温度である。しかし夜半過ぎからだんだん空模様が怪しくなり、波も高まってきた。やむなくこの日の攻撃を諦め、再び潜航する。

明け方、浮上しようと潜望鏡を上げると、晴れ渡った上空にボーイングB17が二機ゆうゆうと旋回しているのが見えた。あわてて潜航、水深五十メートルの位置まで潜り、停止した。

翌日、夜になるのを待って浮上すると、黒々としたブランコ岬の彼方に攻撃目標であるオレゴン州の起伏した山影が見えた。海上は穏やかである。艦長は攻撃を決意した。ハッチから這い出てきた水兵たちが懐中電灯のか細い光を頼りに暗闇に包まれた甲板上を動き回りながら、零式小型水偵の組み立てを始めた。そしてブランコ岬を楯に取り、そこから発艦させようと接近したとたん、にわかに強風が吹いた。

「落ちるなよ。足もとによく気をつけよ」

艦長の声がかかる。足を滑らせたらおしまいである。

人類史上初の米本土爆撃

ブランコ岬の突端で不気味に点滅する灯台の姿がいよいよ迫ってきた。灯台に敵兵がいるのではないか、ダダッと撃たれるのではないかという不安が頭をかすめる。

艦長は発艦と合流地点を決めるため針路を百度、百四十度と転舵変針し、しきりに自艦の位

置を確かめている。そして陸岸から十カイリほどに達したとき、

「飛行員、搭乗せよ！」

と号令を発した。

たちまち私が操縦席に、奥田が後部席に、いつもの早業で滑り込んだ。奥田の目は血走っている。艦長が艦橋から怒鳴った。

「藤田ッ、爆撃地点はあらかじめ指示したようにやれッ」

血気にはやり市街地に爆弾を落とさぬよう念を押したのである。

これに対して私は「了解」といわんばかりに振り向きざまにサッと敬礼した。ふと後部席を見ると、奥田は目を閉じて何かを祈っているようだった。

「おい奥田、行くぞ、スイッチオンだ……」

パタパタと小気味よい音を発してエンジンはかかった。昭和十七年九月九日午前五時三十分、艦首に取り付いた福本大尉が打ち振る赤ランプの合図で、七十六キロ焼夷弾二個を抱えた零式小型水偵はバスンという音とともにカタパルトから勢いよく射出された。だがそのとたん、機体は爆弾の重みで一度ガクンと沈んだ。潜水艦の甲板は海面よりいくらも高くない。ほんの数メートルである。わずかな波といえども翼と接触すればそれこそおだぶつである。

出撃の瞬間

　私はめいっぱいエンジンをふかした。機はグンと急上昇した。いったん舞い上がってしまえば、そこはもう我々の「世界」である。目的はただ一つ。敵の警戒網をかい潜り、オレゴンの森林地帯に爆弾を叩きつけるのだ。私は少しずつ上昇を続けながら、ゆっくり翼を右に左にバンクさせ、ブランコ岬を目指した。

　爆弾のせいで時速は百四十キロしか出ない。百キロを切れば失速する。周りを見張りながら、岬に達したところで三千メートルまで高度を上げ、南に変針した。

「奥田、針路はいいか、四十五度だぞ」

「ヨーソロー、針路四十五」

　そのとき東天にホオズキのような太陽が昇った。さらに五十キロほど南下すると、三十キロほど先に標高八百九十二メートルのエミリー山がくっきりと見えてきた。眼下にはレッドウッドの原生林が果てしなく広がっている。西方には山すそに広がるブルッキングスの町並みがキラキラ光っている。まるでパノラマを見るようだ。

そこから機は徐々に降下し始め、高度九百メートルで水平飛行に移った。

「奥田ッ、爆弾投下用意！」

「ヨーソロー」

「撃てーッ！」

日本から四千五百カイリ、はるばる潜水艦で運ばれた爆弾第一号が、まっしぐらにエミリー山のふところに吸い込まれていった。

「着弾を確認せよ」

そういって奥田が視認しやすいように機をゆっくり旋回させた。

「爆発ッ、燃えています、燃えています！」

まさに人類史上初の米本土爆撃の瞬間である。すぐに機の高さまで黒煙が立ち上ってきた。

機は東に二分ほど飛行し、さらに二発目を投下した。旋回しながら下方を見る。またもや白い閃光が走り、灰色の煙が発生した。

「成功だッ」

それから二千メートルまで上昇、機首を回《めぐ》らし、今来た道を引き返した。

二隻の商船

すでに陽は高い。山も、海岸線も、海もはっきりと見え、雲もまた一つとない良い天気である。海岸付近に人家が並んで見える。速力二百キロである。

爆音が聞こえて発見されるような気がするので、レバーを絞り、機首をなお一層下げる。高度がみるみる低下する。

間もなく、前方の海岸線に突出しているところ、すなわちブランコ岬の上空に達する。

海上をよく見ると、困った。敵の軍艦か、または商船か、まだその見分けはつかないが、ブランコ岬の沖五カイリぐらいの沿岸を北上する艦船二隻がいる。その間隔は約十カイリぐらいであろうか。

仕方がない、とっさに私は高度を下げ、低空飛行を決意した。

近づくと、二隻とも商船であった。気分は急に楽になる。よし、この中間を突破しようと海上に出て、十メートルくらいの低空飛行に移る。エンジン全速である。

飛行機から商船がこんなにもよく見えるのだから、敵商船も我が機をはっきり確認しているに相違ない。六千トンか七千トンぐらいの貨物船、しかも荷物を満載しているのか、速力は遅い。こんなときの数分間は実に長い。一刻も早く敵船より離れたいのだが、速力が出ない。敵機に追われているような気がする。

「奥田、後方見張りを厳重にしてくれ」

長い数分間、ようやく敵船も小さくなり、視界外に脱出できた。この地点で変針し、母艦の方向に向かう。高度を五十メートルに上げる。

水平線上に母艦を探す。あっ、見えた、前方の水平線上に黒いもの、まるで鉛筆の折れた芯くらいの大きさの船。接近するにつれ、間違いなく母艦である。

味方識別信号、すなわち波状運動（バンク）を行ないつつ接近する。母艦上では水兵たちが前甲板に急いでいる。艦を風に向けて停止して、飛行機の着水を待っているのだ。

母艦の真上を通り、風向きを確かめ、旋回して艦尾に向けて降下し、着水に移る。

「奥田、着水する」

「ハーイ」

降下着水、艦尾付近である。揚収を急がないと……いつ敵機の空襲があるかわからない。

「奥田、揚収を急げ」

後席から急いで翼上に出た奥田は、吊り上げ用の鋼索を準備している。水上滑走を急ぎ、デリックの下に進む。飛行機の吊上索がフックにかかった。ピッピッ、先任将校の笛で機は吊り上げられていく、私も席から体を乗り出して、上空の見張りを行なう。機は艦上に下ろされ分解、格納された。その間わずか七分であった。

何カ月も前からの計画がついに実現したのだ。急に体の力が抜けるのを感じた。もちろんこの爆撃が一人のアメリカ人に目撃されていたなど、知る由もなかった。

目撃者、キース・ジョンソン

この日の早朝、オレゴン州ブルッキングス市の森林監視哨でネブラスカ大学の学生キース・ジョンソンは偶然、飛行機の不審なエンジン音を聞いた。当時オレゴン州では日本軍の上陸に備え、ブランコ岬とブルッキングスの中間に位置するゴールドビーチにレンジャー部隊の本部を置き、五百八十キロにわたる海岸線や内陸部に見張り所を設置していた。

以下は、私がキース・ジョンソン氏から直接聞いた話である。

太平洋と大西洋の両方で戦争を始めた米国では男たちがどんどん戦場に送り込まれ、その穴埋めに学生たちが駆り出されていて、キース・ジョンソンもそうした学生の一人だった。対岸のハワイが空襲され、このオレゴン州にも戦争の現実が暗い影を落としていたが、十八歳のジョンソンにとってはまだ戦争は他人事でしかなかった。ここに立っていても日本軍が攻めてくるわけでもない。それよりも今週末のダンスパーティーで最近知り合った女の子をどうやって口説くか、そっちの方が気がかりだった。

そのときである。中古自動車のエンジンのようなパタパタという音がかすかに聞こえてきた。

「ン？」

初めて聞く音である。

間もなく朝靄を衝いて、特徴のある二つのフロートを付けた飛行機が目に飛び込んできた。翼には鮮やかな日の丸がはっきり見えた。

「ジャップ、ジャップ！」

ジョンソンは大あわてでレンジャー本部を無線電話で呼び出した。

「大変です、ジャップが真珠湾にッ」

「なに？」

「いや、真珠湾のジャップが……」

「何いっとるんだ、落ち着いて話せッ」

「だからいっているでしょ、ジャップが空を飛んでいるッ」

「お前、寝ぼけているのか」

「そ、そんなんじゃありません、飛行機が……」

レンジャー隊員もまさか日本機が……の思いが強かったのであろう。

「ジョンソン、心配するな。お前が見たのは味方機だ」

といって電話を切ってしまった。「やはり大学生は子供よのう。友軍の哨戒機を見誤ったのだろう」などと呟きながら彼は朝食の準備に取りかかった。

ところが間もなくあちこちの見張り所から、

「耳慣れない飛行機のエンジン音が聞こえた」

「ドーンという爆発音がした」

「黒煙と赤い炎のようなものが見える」

といった情報が相次いで寄せられ、レンジャー本部は蜂の巣をつついたような騒ぎになった。

驚いた彼はジョンソンを呼び出した。

「ジョンソン、いや、ジョンソン君、さっきは俺が悪かった。君が見たのは間違いなく日本軍の飛行機だ。奴らは爆弾を二発落とした。火災が広がれば取り返しのつかないことになる。消防隊も出動するはずだが、君が一番現場に近い。すぐに現場に急行して消火に当たってほしい」

だが彼にいわれるまでもなくジョンソンは、見張り所から南東方向約八キロ付近にもうもうと立ち昇る煙を発見し、無線機を担いでまさに出発しようとしているところだった。

「ほら見ろ、決してオレは寝ぼけていたのじゃないだろ。あんなに赤い日の丸を星条旗と見間違えるかッ」

ジョンソンは夢中で走った。道とてない森林の中を何度か倒れては起き上がった。若い彼は体力には自信があったが、その彼にとっても大変な道のりだった。目的地までの山道はそれほどまでに険しく、非常な強行軍だったのである。全身汗まみれで、二時間かけて、ジョンソンはなんとか現場に辿り着いた。

現場での状況をジョンソンは次のように話す。

「私は、これは自然に起きた森林火災でないことに気づきました。爆発により樹木の幹が裂けている。異様な感じがした。これは爆弾によるものだとすぐにわかりました。テルミット爆弾があちらこちらに飛散し、小さな火災がたくさん起きており、シュー、シューという音とどもに白煙を噴き上げていました」

テルミットとは、酸化鉄とアルミニウム粉の混合物であり、点火すると三千度の高温を発して燃焼する、いわゆる「焼夷弾」のことである。私が投下した七十六キロ焼夷弾には、五百二十個のテルミットが入れてあった。

ジョンソンはその日、火事が鎮まるまで懸命に消火活動に没頭した。当日の周辺は前日の豪雨で湿気や湿度が高く、延焼速度が遅かったので大火災にならず、火を消し止めることができた。彼は消火作業が終わってからも、無線機の感度を上げるため近くの山を上り下りしなくてはならなかった。あげく、本部から、

「お前はその場所で監視を続けよ」

と命令され、そのまま現場に釘付けになり、女の子とのダンスパーティーどころではなくなった（ある意味、私の米本土爆撃の唯一の「人的被害者」は、実に、このジョンソン氏であったのだ）。

彼は翌日、辺りを隈なく探し回り、不発の焼夷弾子と金属片を見つけ、

「地中に埋まっていた爆弾の先を引っ張り出し、爆弾のケースに日本製を示すマークを見たとき、戦慄を覚えた」

という。そして金属片は、爆弾が炸裂した痕であるらしいことがわかった。すると次の日、FBIの捜査官と軍人が現場に現われ、調査を引き継いだ。

ジョンソンとの「再会」

戦後もだいぶ経った昭和四十九年一月初旬のある日、アメリカ海軍横須賀基地の通訳だという男から私の会社に一本の電話がかかってきた。当時、私が住む土浦市に隣接した地域では国家的プロジェクト「筑波研究学園都市」の建設が急ピッチで進められていた。このブームに乗り、私は経営する金属業を、建設資材の販売も手掛ける株式会社に改組していた。

横須賀基地からの電話の主は、こういった。

「今香港にいるジョンソン大佐が、来日する。ぜひ、あなたに会いたいといっているので、あなたの都合のよい日時を知らせてほしい」

先方の大佐の名前に記憶はなかったが、「私はいつでも結構、東京ならどこへでも出かける」と返事をした。

電話の話の中に出てきたジョンソン大佐というのは、オレゴン州山林の監視哨から、私が投下した爆弾の着地点の現場に急行したあの若者、キース・ジョンソンのことだった。一九二三年、ネブラスカ州に生まれたジョンソンは同地で育ち、ネブラスカ大学在学中の一九四三年にアメリカ海軍を志願した。その後は軍人としてのキャリアを積み、第二次世界大戦後は朝鮮戦争、そしてベトナム戦争にも参戦した。横須賀基地の通訳が私に電話連絡した昭和四十九年当時、ジョンソンは香港で駐在武官として勤務していたのだ。

電話で通訳と場所と日時の打ち合わせを行なった私は同年一月二十四日、東京・赤坂の「山王ホテル」で午後三時にジョンソンと会うことにした。ジョンソンがあの日、火災現場に行き、消防隊員とともに消火活動を担ったことなどは、バート・ウェバーの著書『Retaliation—報復』(オレゴン大学出版局、一九七五年発行)に詳しく描かれている。

私は実際、ジョンソンと初対面だったが、すぐに打ち解けた。彼はブロンドの綺麗な夫人を同伴していた。写真を撮り合い、ともに食事を楽しみ「旧交」をあたためた。ジョンソンは冒頭、「日本に行ったら、爆撃を決行したあなたにぜひ会いたいと考えていた。今日、あなたに会えて本当に嬉しく思う」と親愛の情を込めていった。それから「あなたの空襲のせいで大学では単位不足となり大変な迷惑をこうむった」と冗談をいい、「深緑の大森林から突然現われた主翼に鮮やかな日の丸を付けた水上機の雄姿を、今もはっきり覚えている」ともいった。また、特にイ25潜水艦のことや、私の愛機「零式小型水偵」のことなどを熱心に訊ねた。

消火活動でひどい目に遭ったにもかかわらず、彼は、潜水艦からカタパルト射出でアメリカ本土まで飛行し、山林に爆弾を投下したあなたは私にとってヒーローだ、とまでいってくれた。英会話のできない私は、通訳代わりに保芳を伴っていたのだが、話の途中でジョンソン氏が私に対し、大変ユニークな質問をした。

「日本本土を初めて爆撃したドゥーリットル中佐はたちまち大将に昇進して、ルーズヴェルト大統領から最高位の空軍名誉勲章を贈られたが、あなたはどんな勲章を貰いましたか？」

旧軍人とさえいえば、何もかも悪者とする日本の風潮を彼は知らないようだった。

私は困惑しながらも次のように答えた。

「日本は戦争に負けたので、米本土を爆撃した私に勲章などあろうはずがありません」

戦時中、アメリカ本土攻撃成功のニュースは発表されたものの、それが潜水艦によるものであることは伏せられ、戦後は私自身がその事実を封印してきたのだ。

彼は一瞬、怪訝そうな表情をしたが、すぐに話題を変えた。それから私たちは「旧友」のような親密さで話し合い、最後に彼は、「ハワイか香港に来る機会があれば、ぜひ知らせてほしい。きっと便宜を図れるでしょう」といい、私の手を握った。

現在、ハワイに在住するキース・ジョンソン氏は、今もすこぶる健在である。

あわや海の藻屑に

閑話休題。

私と奥田は艦橋に急いだ。

「艦長、ただいま帰りました。報告します。爆弾二発とも爆発、火災を起こしました。飛行機異状ありません。なお北方三十カイリに商船二隻、航行中です。終わり」

艦長に報告を済ませる。

豪放磊落《らいらく》、大胆沈着の艦長は、

「よし、よくやった。飛行長、焼夷弾はまだ四個残っている。まずその二隻を追跡、撃沈する。それから第二次攻撃に出発してもらいたい」

艦長の命令は絶対である。

「わかりました」

雲一つない快晴、波は静か、米西海岸の山や海岸線がくっきりと見えている。艦は十八ノットに増速、針路は北北東。太陽のなんとまぶしいことか。

秋の朝の冷風と、敵地での大胆極まる行動に、ブルブルと身は引き締まる。

やがて航海長が大声で告げた。

「敵、距離八千、右九十度！」

ついに二隻の商船は捕捉された。

「魚雷戦用意」

艦内は盆と正月が同時に来た忙しさで、疲労を忘れ、全員殺気立っている。

飛行機の爆撃は上首尾だし、今度は二隻の大型貨物船を撃沈するのだ。敵船の前方に出て潜航して接近、魚雷で撃沈するのである。

そのときである。突如、

「敵機三機、直上！」

と後方見張りがあらん限りの声を張り上げた。

顔を上げると雲の切れ目からハドソン爆撃機が編隊で突っ込んでくるのが見えた。

「急速潜航、ベント開けッ」

と艦長が叫ぶ。が、間に合わぬ。百雷が一時に落ちるような爆発音と振動。「やられたか」と誰もが思った瞬間、またも一発、二発、三発……。

　至近弾の衝撃で艦は左に傾いたまま沈下していく。ハッチから滑り落ちた艦長が何かを大声で命じるが、聞き取れない。艦はますます左に傾く。水兵たちはパイプにしがみついているが、舷側が天井に見える。

「艦首上げ、後進いっぱい、メインタンクブロー！」

深度計は五十、六十、七十とみるみる危険度を示す。「海底に激突する」と誰もが思った瞬間、スクリューが逆回転し、沈下は八十メートルのところで止まった。

壁に叩きつけられた水兵たちが苦しそうにうめいている。

テーブルにしがみついた私の上に、棚の箱と、油虫と、塵《ちり》が落下してきた。

電信室から、

「浸水ッ」

との報告が聞こえたので、電気長が懐中電灯を片手に電信室に飛び込んでいく。

とっさに先任将校福本大尉のそばに行くと、先任将校は、

「浸水は止まった、大丈夫だ」

といった。

やれやれ、急に全身の力が抜けたような気持ちだ。誰もが悲壮な顔で、大きなため息をつき、よかったと安堵の胸を撫で下ろす。

艦橋で見張りをしていた下士官が急に元気づいて、

「いや、早かったですな、見えた次の瞬間、もう急降下で突っ込んできました。本艦に真っ直ぐなんで、いやこれはいかん、やられたと思いましたよ」

まだ息遣いが荒く、ハアハアといっている。

天祐か幸運か、爆弾は命中しなかった。しかし、相当の至近弾だったに相違ない。

発令所で豪快な艦長の話し声が聞こえる。

「いや、ひどいやつだ。敵もさるもの、素早かった。ワッハッハッ」

艦長の笑顔で、艦内にようやく生色がみなぎる。

敵機は通常の哨戒飛行中に艦影を認めたものの、こんなに近いところに日本の潜水艦が姿を現わすとは考えられず、しばらく旋回を続けていたのであった。もしもっと早く、水偵の収容中に照準を合わせていたら、全員が海の藻屑にされていたはずである。

午後二時五十分、敵機はさらに四発の爆弾を投下した。しかし音響はかなり遠く、敵は艦位をつかんでいないことがわかった。誰もがホッとしたそのとき、

「艦長、この海面は危険です。本日の第二次攻撃は中止すべきです」

　と普段は口数の少ない福本大尉が進言した。

「うむ、わかった。修理を終えたらいったん南下しよう」

　日没を待って浮上し、エンジンを止めたまま、航海長と電気長が甲板に上がり、被害を調査した。波よけや電線塔などが吹き飛んでいたが、幸い格納筒と飛行機に異常はなかった。徹夜で修理を行ない、夜明け前にやっと復旧を終えた。

　慌ただしかった今日の一日はまた、危ない一日でもあった。

　間もなく軍令部発信の本艦宛ての電報が届いて、私たちの爆撃は相当の戦果があったことを知った。その電文は次の通りである。

「敵側サンフランシスコ・ラジオ放送。日本潜水艦より発したと思われる小型飛行機がオレゴン州の山林に焼夷弾投下、数人の死傷者と相当の被害を受く。我が爆撃機は直ちに浮上航行中の敵潜水艦を爆撃、かなりの損害を与えた」

日本潜水艦の活躍

艦は波しぶきを浴びながら、南へ南へと進んだ。九月十六日の夜、サンフランシスコの沖合、約七十カイリの地点まで進出した。海上は鏡のように静かである。しかし、灯火管制を実施しているサンフランシスコの町は漆《うるし》を流したような闇で塗り込められている。ラジオを傍受すると、オレゴンが日本軍機によって爆撃されたことを盛んに放送している。

艦は湾内の様子を探るため、東に転舵しようとした。そのとき、岡村兵曹が、

「音源感一、遠距離、動力タービン！」

と伝声管で怒鳴った。すぐさま潜望鏡を転回、艦長は水平線の右七十五度に船影を認めたが、かなり遠い。

「岡村ッ、音源を失うな」

素早く速度、針路、距離を測定して追跡に移る。約四時間かけて敵に追いつき、黒々と、まるで小山のような商船の右横に回り込んだ。

「魚雷戦用意、発射雷数二本！」

「射てッ！」

やがて轟然たる爆発音とズシンと体に響くような震動。たちまち「ワーッ」と歓声が上がる。潜水艦の戦闘は、戦艦や巡洋艦の場合と違って、艦長の腕一つで勝負が決まるといってよい。

「おめでとうございます」

航海長が張りのある声でいった。

「いや、こんな商船相手じゃ面白くもない。ラジオの放送によるとイ26もイ19も空母を仕留めたようだ。こんなもんじゃ、喜べないぞ」

といいつつもご機嫌斜めならず、である。

艦長がいったように、このわずか一カ月の間に、日本海軍の潜水艦は南太平洋でイ26が正規空母サラトガを撃破、イ19が空母ワスプを撃沈するなど大戦果を挙げていた。米側史料によると、イ26がサラトガを撃破した戦闘の模様は次のようである。

「この日はアメリカ海軍にとって憂鬱な日であった。それはガダルカナルの南東二百六十マイルの地点において日本潜水艦が発射した魚雷によって醸成されたものだった。その日、サラトガの周囲には戦艦一隻と巡洋艦三隻と駆逐艦七隻が配され、対潜警戒に当たっていた。午前六時五十五分、イ26から六本の魚雷が発射された。駆逐艦マクドノーが潜望鏡を発見して爆雷を投下したが間に合わず、魚雷はサラトガにまっしぐらに直進していった。警報に驚いたサラト

沈没に瀕するワスプ

ガ艦長は直ちに面舵《おもかじ》を命じたが、時すでに遅し、魚雷は右舷に命中、小山のような水柱が上がり、艦は傾斜し始めた。護衛艦は狂ったようになって、潜水艦狩りに躍起になったが、イ26は巧みにこれをかわし脱出、その後巡洋艦ジュノーを撃沈した」（サミュエル・モリソン著『太平洋戦争アメリカ海軍作戦史』）

またイ19とワスプとの戦闘については、

「レイノー提督の旗艦である空母ワスプは巡洋艦四隻と駆逐艦六隻に直衛され、さらにその周りを最新鋭戦艦ノースカロライナ及び巡洋艦三隻と駆逐艦七隻に取り囲まれ、十六ノットの速力で航行中であった。九月十五日午後二時二十分ごろ、ワスプは戦闘機の発着作業を行なおうとしたが、なんぞ知らん、すぐそばの海中からイ19は密かにこの大きな獲物を狙っていたのである。十三隻の駆逐艦は、いずれもイ

19の音源を捉えることができなかった。しかるに突如、ワスプの見張り員は『右舷に魚雷！』と大きな声で叫んだ。イ19がワスプの南西方から、まさに六本の魚雷を発射したのである。ワスプのシャーマン艦長は面舵いっぱいを命じたけれど、時機遅く、三本の魚雷が右舷に命中し、ワスプは沈没、さらに逸れた一本が十キロ先のノースカロライナの左舷に命中したのである」（前掲書）

と記している。

第二次米本土攻撃

九月二十七日、艦は再び北上を始めた。

艦長が私を自室に呼んだ。

「飛行長、疲れてはいないか」

「いえ、大丈夫であります」

二人はしばらく雑談に耽《ふけ》った。

「真珠湾偵察は空振りだったなあ。後から聞いたのだが、あのとき我々の先には五隻の特殊潜航艇がいて、湾内に向かおうとしていたそうだ……もっとも、特殊潜航艇は全滅した。あのとき突入していたら、同じ運命を辿っていたであろう」

そこに福本大尉が地図を抱えて入ってきた。すると艦長が私にいった。

「準備が出来次第、第二次攻撃を行なう。今度は敵も手ぐすねをひいて待ち構えているに違いない。したがって奥地まで行くのは極めて危険だ。そこで、敵の裏をかき沿岸部を狙え。武運を祈る」

私は艦長の思いやりが嬉しかった。

イ25はさらに北上し、十二時半、ブランコ岬の西方七カイリの地点に至り、浮上した。すぐさま飛行機の発艦位置を探す。

月影にかすむブランコ岬の灯台の明かりがかすかに点滅している。しばらく水上を航行し、海岸線より五カイリに至った位置で飛行機を射出した。機は一度反転して沖合を警戒し、再び予定位置に戻り、米本土を目指した。

空には靄がかかり、月がかすんでいる。海面は凪いでいる。エンジンはこれ以上ないと思われるほど快調である。灯台の屋根スレスレに飛んだため、塔内のレンズがクルクル回っているところまで見えた。

こちらでも灯火管制を実施しているのであろう、大陸に街の灯りは一切ない。月影の下に黒々とオレゴンの山並みが横たわっている。機は高度二千メートルで、周囲に気を配りながら飛行を続ける。月明かりのお蔭で森林と谷間の区別はなんとか確認できる。

夜間とはいえ、いつ敵の攻撃を受けるかわからない。

「奥田、見張りを厳重にやれ」

大陸に侵入すること二十五分、鬱蒼《うっそう》たる森林上空である。

「奥田ッ、爆撃するッ」

「用意、撃てーッ！」

爆弾が大陸の山林に吸い込まれていく。ドドン、閃光……静かに下方を見る。キラキラと蒼白く光る焼夷弾の火花が、遥か下に認められた。

続いて第二弾を投下、二発目も爆発。機を直ちに旋回させると、煙が立ち上ってきた。

「火災は起きているか」

奥田が後部風防を開け、身を乗り出す。

「はい、燃えていますッ」

「よし、引き返す。見張りは厳重に、だぞ」

全速で二十分間飛行し、途中のブランコ岬手前でエンジンを停止させる。爆音を敵に聴取されないためと、高度を下げる目的からであった。

高度三百メートルでブランコ岬上空を通過する。煙霧でも発生したのか、月はおぼろである。陸地を離れて十五分、もう母艦上空に到達している予定だが、まだ母艦は見えない。

「奥田、母艦はまだ見えないか」

「はあ、時間ではもう母艦上空の予定なんですが……」

夜間の潜水艦はなかなか発見しにくい。不安ではあるが、しばらくそのままの針路で進んだ。しかし、やはり母艦は見えない。

「奥田、引き返す」

百八十度旋回して、またブランコ岬へと接近していく。

月に照らされた海面は非常によく見えるが、灯台の反対側は真っ暗で何も見えない。また岬に接近した。

「機位を測定して、帰投の針路を出せ」

「灯台を測る、ヨーソロー」

私は機の針路を一度も左右に振るまいと、コンパスを見て直線飛行を続ける。

「飛行長、この位置より二百五十度です」

「よし、変針する」

時間の経過は長く感じる。焦る心を深呼吸で落ち着ける。

やがて右前方の海面に、艦の航跡らしい帯状の模様が月光に輝いているのを発見した。私は夜間飛行の経験もずいぶんあるので、このような状況に何度も出会っている。こんなときは油が流れているときだ。

「おーい、艦の航跡らしいぞ、右前方」

奥田に伝声管で伝え、航跡を辿っていく。果たしてだんだん細くなった航跡の先端に艦影があった。

「敵かもしれん、味方識別信号をやってみよ」

奥田が発光信号を送ると同時に、下の艦からも信号が来た。間違いなく母艦である。

「奥田、海面の見張りをよくやってくれ」

敵艦船が付近にいないかどうかを確かめるためである。

艦の上空を旋回して、艦と並行に着水し、直ちに艦長に成功を報告する。

やがて私と奥田が艦内に降り立つと、全員がワッと我々を取り囲んだ。奥田の顔は汗と煤《すす》に塗《まみ》れ、目だけが光っている。すると最後にハッチから降りてきた艦長が一同を見回していった。

「天祐と神助により、攻撃は二度とも成功した。本艦はこれより帰投する。岡村、この電文を大本営に打電せよ」

岡村兵曹はすぐさま電信室に取って返し、慌ただしく電鍵のキーを叩いた。

「ワレ米本土空襲ニ成功セリ」

イ25は帰途、北太平洋で、十月四日に米タンカーを一隻、六日に米商船を一隻、十一日にはソ連潜水艦一隻（米艦と誤認）を撃沈して、出航から七十日目の十月二十四日、横須賀に凱旋した。

イ25よ、さらば

帰国後、私は皇族の小松宮輝久《てるひさ》王から宮邸に呼ばれ、任務遂行を労《ねぎら》われ、軍令部の将官や田上艦長とともに晩餐を賜わった。ナイフとフォークが複数並ぶ洋食である。いったい何を食べたのやら忘れたが、米本土爆撃と同じくらい緊張したことを覚えている。

一カ月の休養ののち、風雲急を告げるガダルカナル島戦に参加するためイ25は横須賀を出港し、トラック島に移動した。

十二月九日、トラック島を出港し十四日、ラバウルに到着。その後はラバウルとガダルカナル島を往復し、陸兵輸送などの任務に従事した。

年が明け、昭和十八年二月七日、エスピリトゥサン島の米軍前進基地を飛行偵察し、再びトラック島に帰投した（この偵察で私の飛行時間は六千時間を超えたが、私にとってはこれが最後の偵察となった）。

トラック基地で私を待っていたのは、

「鹿島航空隊付教官ヲ命ズ」

という辞令だった。

翌日、私は輸送機で内地に向かうことになった。退艦する私を、田上艦長以下全員が甲板に整列し、「帽振れ」で見送ってくれた。

艦上から奥田が身を反らして叫んだ。

「飛行長ッ、どうかご武運をッ」

私も叫び返した。

「あとは頼んだぞッ、戦争が終わったらまた会おう」

まさかこれが今生《こんじょう》の別れになってしまうとは、つゆとも思わなかった……。イ25は七月二十五日、バヌアツ沖で米駆逐艦パターソンに攻撃され、新任の小比賀勝艦長以下全員が戦死してしまったのだ。

甲板からちぎれんばかりに手を振る彼らの姿が今も、私の瞼の裏に焼き付いている。

井浦中佐の回想

少し話は逸れるが、昭和三十年代になって突然、戦記ブームが起きたことがあった。戦後の虚脱から立ち直った軍人たちが回顧録や体験談を通じて真相を語り始めたのだ。それにつれて、戦時中は機密とされていた米本土爆撃も次第に知られるようになったが、きっかけは井浦中佐の次のような証言だった。

「ことの始まりは、シアトル総領事をしていた人からであったと思うが、『アメリカ西岸の森林地帯は毎年のように山火事に悩んでいるので、何かいい方法で山火事を起こさせれば、付近の住民に相当の脅威を与えることができると思う』という手紙が富岡作戦課長のところへ届いたことにあった。

『何とかならないかな？』

と課長が相談をもちかけてきたので、私は、

『それでしたら潜水艦の飛行機に焼夷弾を積んでいけばできるでしょう』

と答えた。

すると軍令部上層部でも裁可を与えてくれた。そこで横須賀軍港で整備中の伊二五潜をこれに使うことにして、連合艦隊司令部にこのことが指示された。伊二五潜を選んだのは、艦長の田上明次中佐がきわめて有能な指揮官であったこと、そして、藤田という歴戦の飛行長がその艦に乗っていることを考えてのことであった。

伊二五潜は八月中旬、横須賀軍港を出撃した。そしてオレゴン州沿岸につくと、搭載の豆飛行機を二回にわたって発進し、各回とも焼夷弾を二発ずつ森林地帯に投下して、無事帰ってきた。アメリカ側のラジオの放送ぶりからすると相当の脅威を与えたことは確かなようだった。

その後、潜水艦搭載機は、爆弾搭載設備をつけることになったが、それは、いざという場合に丸腰では一矢《いっし》も報いられなくて残念だという藤田搭乗員の要求に答えたからであった。

なお、この米西海岸行動中、伊二五潜は油槽船二隻を撃沈した。またその帰路には、水上航行中の米潜水艦二隻を発見、その一隻を雷撃沈した……」

第四章
特攻隊を率いる

グラマンを屠る

鹿島海軍航空隊（鹿島空）に教官として赴任してから、二年が経とうとしていた。鹿島空は茨城県南東部に広がる琵琶湖に次いで大きい湖、霞ヶ浦の南岸の一隅にあり、陸上に滑走路を持たないため面積も狭く、新設の航空隊に比べ設備も旧式で、どこか牧歌的な雰囲気に包まれていた。

昭和二十年二月十六日、この日は少し雪がちらついていたと思うが、空が薄暗かったことは確かである。私はいつものように予備学生（学徒出陣組）を訓練するため、第一、第二、第三小隊の計八機の水上機（零式水上観測機・二座）を率いて霞ヶ浦を飛び立ち、百里原基地方面に向かう予定だった。

ところがそのとき、鹿島灘沖に敵機動部隊が現われ本土に接近中、との報告が偵察機よりもたらされた。敵は茨城及び千葉方面の航空隊を狙うものと予想された。

果たして午前六時ごろから、空母から発進した第一波の約八十機、第二波の約九十機、第三波の約百機、第四波の約百二十機が次々に九十九里浜から本土に侵入してきた。

これに対して吉田喜八郎少将が指揮する陸軍第十飛行師団は直ちに所属の二式戦闘機及び最

新鋭の飛燕を出撃させ、約九十機撃墜という大戦果を挙げた（日本側の損害は三十七機）。

一方、海軍水上機部隊は、教育用の練習機等はなんとか温存しておきたいという考えから、比較的安全な東北地方の水上機基地に避難することになり、急遽教官と学生がグループを編成し、ほぼ全機が慌ただしく避難していった。しかし私には何の連絡も来ない。他の古参の教官たちも首をかしげている。すると伝令が司令所から飛んできた。

「敵を邀撃せよ、との命令です」

おそらく、全機避難ではいかにも情けない、せめて一太刀浴びせてくれ、ということだろう。出撃は望むところだ。私は軍刀を片手に愛機に飛び乗った。ほとんど同時に教え子の政見吉男少尉が後部に乗り込んできた。

整備兵がいつものようにスリップ（離着水用スロープ）まで誘導する。湖岸から微速前進で徐々に速度を上げて水面を滑走していく。洋上と違い振動はない。風上に向かい一気に離水した。

一路九機で九十九里浜を目指す。すると渡辺飛行曹長指揮の一機がエンジンの不調でバンクしながら引き返していくのが見えた。

二十分が経過。もうそろそろ現われてもいいころだと前方に視線を凝らす。と、そのときである。十キロ前方に黒点が一つ、かすかに見えてきた。けし粒よりも小さい。よく見ると、わずかに銀色に光を反射している。機種は不明だが、敵であることは疑いない。両方が全力で飛行しているため見る間に距離が縮まっていく。一機と見えた敵機は、単縦陣の四機であった。

「グラマンだッ」

ただちに翼を振り、私が指揮する二、三番機と柳原滋大尉（戦後、航空自衛隊教官）の指揮する二機に合図する。大尉は折り返し戦闘隊形を取るよう我々に命じた。

グラマンＦ６Ｆはさすがは最新鋭の戦闘機で、接近するのが速い。もう星のマークが鮮やかに見える。

「政見、射撃準備！」

同時に私は右人差し指を七・七ミリ固定銃の把柄《はへい》にかけた。

空中での格闘戦に入った直後、私の目に飛び込んできたのは第二小隊の二機が、高位から襲いかかる敵機に次々と撃ち落とされる光景だった。パッと二機とも炎と煙に包まれ、キリモミ状態で墜落していく。落下傘が降下していくのが見えた。

だが戦友の運命に思いを馳せる暇などない。私は直ちに翼をひるがえした。たちまちブツ、ブツと被弾する音が聞こえる。曳光弾《えいこう》がスーッ、スーッと前方に流れていくのが見える。「これはいけない」ととっさに操縦桿を引き、密雲の中に隠れる。その雲海から抜けたとき、すぐ前に敵の一機が見えた。その敵機に向け射撃を始めたとたん、またも敵の曳光弾が後ろから前方に流れる。

グラマンF6F

「コラッ、政見、何をしているのか、撃てッ」

必死の命令を発するも、彼は引き金を引かない。

やむなく敵機の追撃を止め、急旋回する。その際、敵の何発かの十三ミリ機銃弾がまたも翼に命中した。

「ちくしょう！」

怒りに任せ、後方より射撃した敵機になんとか食い下がる。すぐに巴戦に入る。垂直旋回で敵機は大きく円を描く。敵のパイロットの顔が風防の中によく見える。私は水上機の小回りのよさを活かし、操縦桿をいっぱいに引いて敵機の内側を回り、プロペラの前方をめがけて射撃した。たちまち曳光弾が敵機のカウリング（発動機カバー）にスーッ、スーッと吸い込まれていく。次の瞬間、白煙がパッと敵機の後方に流れた。

「やったぞ！」

白煙を引きながら敵機が急降下で落ちていく。私はレバーを全開にし、別の敵機をすぐに追撃しようとしたが、自分の機のエンジンが焼きつき、思うように回らない。私は懸命にレバーを前後に激しく動かすのだが、エンジンがどうしても動かない。

「政見、不時着するが、敵機はいないか」

「はい……敵機は……見えません」

政見少尉は荒い息遣いで、伝声管を通し、こう答えるのが精いっぱいだった。

機はなんとか滑空しながら、霞ヶ浦の湖水に不時着した。水上機スリップの約二百メートル沖で止まり、風に流されるようにしてスリップに接近した。

直ちに司令所に赴いた私は森田大佐に戦況を報告した。大佐はこう訊き返してきた。

「先ほど香取航空隊から、グラマン一機撃墜と通報してきたが、貴様か？」

「命中弾は浴びせましたが、墜落した瞬間は見ておりません」

「いや、墜落は香取空が確認している」

大佐はこの撃墜を「確認済み」として司令部に記録させた。

政見を見ると、彼は蒼白い顔でかすかに震えていた。

翌日の黎明、鹿島灘沖に展開中の米空母ランドルフを旗艦とする米機動部隊を索敵するため、一機の零式水上偵察機（三座）が鹿島空を発進した。しかし、米機動部隊艦載機のエジキとなり、戻ってこなかった。

太平洋上にあたら若い三人が散華《さんげ》したのである。その中に、政見少尉も含まれていた……。

特攻兵の結婚

三月に入ると沖縄に敵が上陸した。陸海軍は協同して菊水作戦を発動、陸軍は八百八十七機、海軍は九百四十機が敵艦に特攻を実施し、三十六隻を撃沈、二百十八隻を撃破、米兵五千人を戦死させるも、結局、敵を撃退することはできなかった。もはや特攻でさえも通用しなくなっていたのだ。

果たして特攻第一主義で敵に勝てるのだろうか。このころ私は連日のように、訓練方針を巡り上官たちと口角泡を飛ばしての議論を戦わしていた。

そんなある夜、私の部屋に予備学生の高森虎太少尉がひょっこりやってきた。

「教官殿、よろしいでしょうか」

「おう、高森か、どうした」

彼は佐賀県出身の優男《やさおとこ》である。だが芯は強い、十三期のリーダー格でもある。

「折り入ってお話ししたいことがあります」

「まあ座れ。改まって何だ。いってみろ」

「実は、近いうちに結婚するつもりです」

「何をッ」の声が喉元まで出かかる。これから戦場に赴く者が結婚してもどうなるものでもない。それに彼はまだ学校を出たばかりではないか。私はこう諭した。

「我々は重要な任務を帯びている。明日をも知れない身だ。結婚は戦争が終わるまで延ばしたらどうか」

「いえ、私は特攻を志願していますから、戦争が終わったときにはこの世にいません」

これでは説得は無理だ。相手は東京在住の人で、式は挙げず、籍だけ入れてやりたいのだという。

「よし、わかった。司令には俺から報告しておく。ところで新居はどうするつもりだ」

「はあ、それが探したのですが、家賃が……」

「当たり前だ、お前の手当で借りられる家なんてないよ。仕方がない、俺の家の二階が空いている。そこで暮らせばよい」

「エッ、いいんですか！」

高森は椅子から飛び上がった。もしかすると彼の本当の目的はこっちの方だったのかもしれない。

こうして二階を快く貸したまではよかった。ところが、そのあとがいけなかった。二人きりで新婚生活を送るとばかり思っていたのだが、土曜や日曜には決まって同期や後輩らが高森少尉のあとを金魚のフンのようにしてついてくる。海軍少尉といっても二十歳そこその若者に過ぎない。それも若い女性と容易に接する機会もない戦時下である。羨ましさと妬ましさが同居する複雑な感情を交錯させながら、彼らはわんさと新婚さん宅に押しかけるのだ。戦局悪化で物資が統制され、何もかも不足していたが、彼らは上手に酒と食糧を調達し、新婚さん宅に持参する。そのたびに高森の新妻がかいがいしく彼らをもてなすのである。

美人を娶《めと》った高森少尉をさんざん冷やかし、しまいにはすっかりのぼせ上がった高森とその妻を巻き込んで全員で軍歌を歌い出す始末。階下に住む我々はたまったものではない。当時、長男の保芳は九歳、長女の順子はまだ四歳の子供。それなのに二階の部屋が深夜まで若者たちの酒盛りの場と化したのだ。

それでも、彼らを叱りつけたり、追い出したりするようなことはしなかった。近い将来に彼らを待ち受けている運命を思うと、とても怒る気にはなれなかったのだ。だから、やりたいようにやらせてやった。また高森の新妻は顔を合わせるたびに詫びてきた。そのつど私は、

「謝ることはないよ。あいつらの軍歌はどうしようもないけど、葉子さんの歌声は綺麗だからな。まるで天使の声を聴いているようだよ。高森が惚れるのも無理ないな」

などと受け流すのだった。

そんな階下の温情に甘えて騒ぎ放題騒いだ我が家の二階での新婚生活は、死地に赴く高森少尉にとっては、ほんの一時とはいえ、満足のいくものだったようだ。

特攻志願第一号

翌月、鹿島空では第十四期予備学生がようやく卒業の時期を迎えようとしていた。

卒業といってもヨチヨチ飛行がやっとできるだけの「雛鷲《ひなわし》」でしかない。それにもかかわら

ず鹿島空ではすでに特攻隊志願者の募集が行なわれていた。戦況は悪化の一途で、今や特攻作戦が用兵の本命となっていたのである。十四期の卒業生の多くも特攻を希望した。

だが私は、「あたら若い命を散らすのみ。彼らこそ戦なきのちの世に命を永らえるべき」と考えていた。そもそも「特攻、特攻」と意気込みだけで戦局が挽回できるのなら、とっくの昔に勝っているはずだ。それに彼ら十四期の、飛行時間百時間にも満たない技量では、敵艦に体当たりするなど、どだい無理な話なのである。

しかし彼らの意志は鉄のように固い。そこで私は、「教え子たちだけを特攻に行かせるわけにはいかない。自分が先頭に立ち敵艦に突入する、これが御国に対する最後のご奉公」と決心し、自らも特攻を志願した。何度か教官であることを理由に却下されたものの、昭和二十年の四月から、教官からも志願者を選抜することになり、私は真っ先に特攻隊員となった。すでに教え子である十三、十四期の若者たちのほとんども志願を済ませており、やがて海兵七十期、七十一期、七十二期の教官たちも志願した。彼らは、三十三歳の私と二十三歳の高森を除いて全員が独身である（その後、我々は愛知県知多半島の第二河和《こうわ》海軍航空隊に転属となり、特攻隊員としてそれこそ血の出るような猛訓練に励むことになる）。

五月初旬、第十一連合航空隊の本部が仮設された霞ヶ浦海軍航空隊の講堂に、傘下の鹿島空

などから特攻隊のメンバーが召集された。前田稔中将が短い訓示のあと、厳粛に、

「諸子を神風特別攻撃隊員に命ずる」

と下令した。

終了後、各航空隊に恩賜の煙草と清酒が配られた。

私が所属した鹿島空の特攻隊員は翌日、必勝祈願のため、全員が内火艇に分乗し、香取、鹿島の両神宮に参拝した。その帰途、水郷の街として知られる潮来《いたこ》に立ち寄り、「阿《あ》や免《め》旅館」に全舷上陸、すなわち全員参加の宴会を催した。

阿や免旅館はその昔、「遊里阿や免楼」と呼ばれた花街の老舗である。座敷からは、町の中央を流れる前川が眺望された。その美しい流れに魅入られた彼らは、戦時下であることも忘れ、支給された清酒を大いに飲み、騒いだ。

私は彼らから少し離れ、座敷の欄干にもたれて川の流れに見入っていた。目を転じると、夕日を浴びた田圃《たんぼ》には、薄緑の早苗が短く穂先を水面から出し、長閑《のどか》な五月の風にそよいでいる。

「はかなくも稲の命は一年だ。人の命は五十年。生まれては老いて消えてゆく。神の定めた法則だから仕方がない。とはいえ、彼らを道連れにしてよいのだろうか……」

若者たちの喧騒をよそに、私はこのような感慨に耽っていた。

「中尉殿、一緒に飲みましょう。全員でアメ公の軍艦に突っ込んで、立派な華を咲かせましょうよ」

いつの間にか酔っ払った教え子たちが私を取り囲み、手を引っ張る。

「わかったわかった。敵艦の上に真っ赤な炎を咲かせよう。今日は大いに飲め、飲めるだけ飲め！　酒が苦手な俺も飲むぞ！」

「そうこなくっちゃ！」

高森少尉がそう叫び、脇にあった清酒を私の茶杯《ゆのみ》になみなみと注いだ。

「なんだ、高森、泣いているのか」

「違います。教官と一緒に死ねるのが嬉しいんです」

結婚したばかりの彼は濡れた目元を拭い、そういうなり、大声で歌い始めた。

♪貴様と俺とは同期の桜
同じ「鹿島空」の庭に咲く
咲いた花なら散るのは覚悟
見事散りましょ　国のため

私も連中と円陣を組み、互いに肩に手をかけた。そして一段と声を張り上げた。終戦まであと三カ月。それでも誰一人として、日本が負けるなどと思う者はいなかった。

強敵、ムスタング

同月末、私が率いる特攻隊員は潮来から鹿島空に戻った直後、機種別の編成替えを行なった。さらに七月には零式水上偵察機の三座組、零式水上観測機の二座組、二式水上戦闘機（零戦の改良型）と水上戦闘機強風（最新鋭機）の単座組にそれぞれ分けられ、三座組は島根県の宍道湖に隣接する中海へ、二座組は福岡県博多湾に、我々単座組は知多半島の東岸にある第二河和海軍航空隊へ赴くよう命じられた。

第二河和空には柳原滋大尉を長とし、第一分隊士で中尉の私、第二分隊士で同じく中尉の野村を教官とする十四期、それに高森ら十三期出身の少尉たちからなる二十八機の特攻機が進出した。もちろん我らは生きて再び祖国に帰らぬ覚悟である。国のため、故郷のため、肉親のため、ひたすら猛訓練に明け暮れた。

河和基地は本土決戦を控えた海軍の航空集団にとって、最後の根拠地という感じが充分にあった。事実、一万二千人の兵員と水上機九十機を保有していた。

このころになると、硫黄島から頻繁にP51ムスタングが来襲し、名古屋上空などで連日、さんざんに暴れ回っていた（大東亜戦争前期の花形が零戦なら、後期の主役はこのムスタングであろう）。その空襲の合間を縫うように猛訓練が続けられたのである。

七月十二日、進出が遅れていた二座組の零式水上観測機八機が鹿島空から福岡県の博多空へ移動の途中、燃料補給のため第二河和空に立ち寄った。私は顔見知りの教官らとわずかな時間を利用して戦況を語り合ったが、旧交を温める間もなく彼らは後ろに若鷲たちを乗せて水上を飛び立っていった。

そのときである。雲の切れ間から約十機のムスタングが現われ、彼らを追撃し、全機を撃墜してしまったのだ。あっという間の出来事で、私たちは地団駄を踏むしかなかった。もはやムスタングが相手では下駄履きの水上機など勝負にならないことは、火を見るより明らかであった。ただそれでも私はグラマン撃墜のことを思い出し、「やってみなければわかるまい」との闘志を秘かに燃やし続けていた。

訓練中の若鷲

訓練はそれこそ血が出るほどの激しいものだった。水上戦闘機強風は零戦並みの高速と運動性を得るため、可能な限りの新技術が採り入れられていた。しかし空気抵抗が大きく、視界性も悪いせいか、経験の浅い十四期の少尉らは離着水にてこずり、苦しんでいた。飛行機の性能は良くとも、使い勝手が悪ければ、技量の向上は望めないのだ。訓練中にも敵戦闘機の来襲があり、少尉らに急遽、退避信号を出しても、それを視認できず、ゆうゆうと飛び続けるといった有様だった。

ちなみに特攻機は、敵空母に対しては、甲板の中央部にある昇降用のエレベーターをめがけて体当たりすることになっていた。また戦艦や巡洋艦に対しては「煙突に突入せよ」と指示されていた。しかし、戦果確認機の報告によると、突入に成功したほとんどの機がいずれも前甲板に激突している。

「人間はぶつかる直前に目を閉じてしまうのではあるまいか。これでは敵艦に致命的な打撃を与えることはできない。最後の最後まで目を大きく見開き、必ずや空母のエレベーターへ、戦艦などには煙突へ突入する。この方法を採らねば、敵艦を轟沈することは不可能だ。命中する最後の瞬間まで目を閉じないこと――」

　私はそう指導した。

まさかの敗戦

　余談だが、海軍では毎週のように精神教育を行なった。そして悠久の大義に殉ぜよと教え、その例として広瀬中佐、佐久間艇長、勇敢なる水兵らが挙げられた。

　生者必滅、会者定離《えしやじようり》、仏教の教え通りである。しかし、これを悟ることはそう簡単にはいかない。死の瞬間まで、自分だけは生きるものと思っているのが普通であろう。死に対する心の準備、この覚悟ができないと、大きな働きはできにくい。

　どうせ一度は誰も必ず死ぬ、一時間後、または明日にも死が迫っているかもしれない。ただ自分にそれがわからないだけである。

そのときにあわてないためには、いつ死んでも差し支えない準備が完成していなければならぬ。しかも自己一人だけのことではない。自分と同一世帯にある者、あるいは親戚・友人・知人に対しても迷惑をかけないだけの準備である。

そう考えるとき、喜んで悠久の大義に殉じ、思い残すこと何一つなく、我が生涯意義ありき、と断じ得る者は果たして何人あろうか。

凡人で修養の足りない私は、あのときああしておけばよかった、こうもしてやりたかったと思うことが多い。が、もはやなんともならない、申し訳ないと思うだけだ。

あと何日かで生涯を終わる最後に、喜んでいただけることがただ一つ残されている。それは、戦死に対して最大の戦果を挙げる、ただこれだけである。


八月五日、先陣を切って河和第二空より水上機三十五機と四十八名の特攻隊員が福岡県深江に向け飛び立った。彼らはそこで整備、給油を行ない、沖縄に突入するのだ。

八月八日、愛知での訓練が終了、我々もいよいよ熊本の特攻基地、天草海軍航空隊に進出することになった。天草空はもともと水上機の練習航空隊だったが、すでにこのころは水上機の特攻基地になっていたのだ。

進出直前、隊員らに三日間の外泊休暇が特別に与えられた。休暇から帰隊すると、天草ではなく、鹿児島の指宿《いぶすき》基地に移動するよう命令された。計画が変更されたのである。おそらく隊長は、海抜の低い島々に囲まれた本渡《ほんど》（現天草市）にある天草空より、桜島と開聞岳《かいもん》が絶好の目印となる指宿空の方が落伍者が出にくいと踏んだのであろう。水上機特攻の最前線基地、指宿空は他の特攻基地と異なり、陸上に滑走路はない。基地の前に広がる錦江湾の田良浜海岸が滑走路となっていた。

昼間はグラマンに狙われる恐れがある。そのため指宿には月明かりを利用し、夜間に進出することになった。その基地で燃料を補給し、爆弾を積み、朝方、沖縄の海に浮かぶ敵艦隊に体当たりする予定である。

「いよいよこの世ともおさらばかな」

などの呟きが聞こえる。

死への不安で心が揺れる。

それでも身辺整理をしたり、家族に最後の手紙や遺書をしたためるなどして、思い思いに永い一日を惜しんでいた。

そのとき、運命の日が、突如としてやってきたのである。

「正午に天皇陛下のご放送がある。講堂に集合せよ」

押っ取り刀で全員がラジオの前に整列した。

「本土決戦に向けての御激励であろう」

誰もがそう思った。

正午の時報が鳴る。

全員が姿勢を正す。

次いで「君が代」が奏でられた。

その曲が終わる。

すると、

「朕深く世界の大勢と帝国の現状とに鑑み……」誰もが初めて耳にする玉音である。そして、

「共同宣言を受諾する旨、通告せしめたり……」。

放送は終わった。続いて演奏される「君が代」に唱和することになっていたが、声を出し得る者は一人もいない。

「大日本帝国は敗れたんだッ」

誰かがそう叫んだ。

悄然として散じる。

「藤田ッ、柳原隊長に話をしに行くから立ち会ってくれ。あくまで特攻を具申する。このままでは腹の虫がおさまらない！」

野村中尉の目は殺気立っている。

「それはできない。御命令に逆らうことはできないぞ」

一人で浜辺に向かった。瞳から自然に涙が溢れてきた。国のため家族のため、これまで懸命に戦ってきたのだ。そのあげくが敗戦なのか。

澄みきった青空に浮かぶ白い雲も、岸壁に打ち寄せる白波も、夢のようである。対岸の渥美半島が蜃気楼のようにぼんやりと、細長く浮かんで見えた。自分の体からスウッと力の抜けるのを感じた。虚脱感が五尺五寸の体を突き抜ける。突堤の焼けたコンクリートの上に崩れ落ちた私は、両手で頭を掻き毟《むし》った。

「俺はいったい何のためにアメリカまで行ったんだ……」

第五章
官房長官の善意

特攻隊の英雄

昭和二十年八月二十一日、河和航空隊の練兵場で武装解除、軍艦旗を降ろし、焼却した。二十四日、第一、第二の河和航空隊全員へ帰郷命令。私は教え子たちを説得して実家に帰したのち、土浦に向かった。半月前に書いた遺書はとっくに届いているはずだ。特攻隊員としては、いささか決まりが悪い復員であった。

それからしばらく経ってからのことである。

土浦駅近くの闇市には大勢の罹災者や引揚者が往来していた。戦争中、土浦駅前の家屋は強制疎開され、それまで裏通りに軒を連ねていた家屋が一転、表舞台に躍り出る形となり、駅前の景観は一新された。駅を正面に見据え、右側の桜川を渡った方面が私の暮らす土浦の富士崎地区である。その反対、左側の駅近くにはかつて「秋元倉庫」が所在していた。その建物跡は終戦と同時に闇屋に占拠され、戦後はバラック建ての新興マーケットになっていく。

そこで私は何気なくすれ違ったリュック姿の男が誰かと似ているなと思い、後ろを振り返った。相手もそう思ったものか、立ち止まり、こちらを凝視している。二人は同時に「あッ」と小さな叫び声を上げ、互いに駆け寄り、手を握った。男は戸川慶吾といった。私のかつての教え子である。偶然にも駅前の闇屋街で出会ったのだ。

　久し振りの再会で積もる話に耽るうち、

「ところで戸川、貴様は会津若松の出だったな。ご家族は？」

「ええ、会津若松は一度も空襲を受けずに済んだため、全員無事です」

「それはよかった。で、今ここで何をやっているんだ」

「闇屋の片棒ですよ。品物を担いできて売りつけるんです」

「何ッ、特攻隊の英雄が闇屋だとッ」と出かかった声を喉元で呑み込む。この焼け野原で誰もが必死に生き延びようとしているのだ。おめおめ特攻から生還した私なんぞに、彼を責める資格などあるはずがない。

　今度は戸川が訊いた。

「教官殿はどうしているんですか？」

「俺は愛知の特攻基地から復員して間もない。これからどうやって生活し、家族を食わしたらいいものか、今は失業の身の上だよ」

　私は正直、どのようにして生活していったらいいのか、家族を養ったらいいのか、目途が立たないまま途方に暮れていた。

「そうですか……。それなら……会津若松の実家が金物問屋を営んでいるんですよ。うちの金物や刃物を扱ってみたらいかがですか」

「俺のような素人にもできるものかね」

「それはやってみなければわかりませんけど、教官殿ならきっとできますよ」

数日後、戸川の勧めに従い、私は大きなリュックを背負って汽車を乗り継ぎ、会津若松の戸川金物店を訪ねた。そこでさっそく鎌や包丁、ハサミ、ヒゲソリなどをごっそりリュックに詰め込み、意気揚々と土浦へ戻った。

こうして金物屋の行商を始めたのはいいが、どこに売りに行けばいいのか、復員したばかりで見当もつかない。やむなく、海軍時代の同僚や部下を訪問し、彼らに金物を預け、販売を依頼した。

身を捨ててこそ浮かぶ瀬もあれ

一週間が経過した。依頼先を一巡し、驚いた。ほとんど何も売れず、捌《さば》けたのは依頼先が買ってくれた包丁一本だけ。二週間後も結果は似たようなものだった。

私は早々に見切りをつけ、商品を回収し、リュックに詰め、返品するため再び会津若松に向かった。このときの暗く沈んだ気持ちと荷物の重さは今も忘れられない。

「戸川君、大変ご心配をいただいたが、なんとしても売れない。これはお返しする。本当にいろいろとありがとう」

「駄目でしたか。藤田さんのお役に立てればと思ったのですが、残念です」

戸川は私の沈んだ顔を見て、申し訳なさそうな顔をした。このとき、我々の会話を店の奥で聞いていた母親の戸川ハルが訊ねた。

「藤田さん、どこに売りに行かれましたか？」

「海軍時代の同僚や部下に頼んだのだが全然駄目でした」

そう正直に答えた。

「藤田さんッ！」彼女が私を睨むようにいった。

「そんなんでは駄目ですよ。日本は戦争に負けて軍隊はなくなったのですよ。軍隊時代、あなたは海軍の中尉さん、うちの慶吾はただの兵隊で、あなたの部下だったかもしれませんが、軍隊がなくなった今では上官も部下もありませんよね、そうでしょう」

「その通りです」

「あなたはね、まだ海軍軍人だという気持ちがあるから同僚や部下のところに品物を売るのを依頼したんでしょう」

「そうですが……」

「誰が今さら、みんな生きるのが精いっぱいのこの世の中で、あなたのために懸命に販売などしてくれますか。みんな自分のことで必死なんですよ。あなた自身が品物を担いで他人様に頭を下げ、行商に行くんです。それが商売というものです。海軍士官とか、中尉とかを忘れて、家族を養うために死に物狂いで売りに歩かねば、今の時代、誰も買ってくれませんよ」

「母さん、なにもそこまでいわなくても」

戸川が口を挟んだ。

彼女は、海軍士官という意識が抜けきらない私を諭したのである。私にしても彼女の真意はわかっていた。ただ、彼女の強い語調とまなざしに射すくめられ、私は返す言葉もなく、黙ってうなだれるよりなかった。

「ねぇ、藤田さん。私も偉そうなことはいえませんが、身を捨ててこそ浮かぶ瀬もあれとか、そういうじゃありませんか。人間、落ちるところまで落ちないと本当の強さが出ませんよ。私たち夫婦もゼロからの出発でした。そういう意味では、まだ藤田さんには甘えがあるように見受けられます。よかったら、もう一度やってみなさい」

　そういうなり彼女は金物の売り方、顧客に対する挨拶、笑顔の大切さなど懇切丁寧に教えてくれ、最後に、

「慶吾、藤田さんのリュックに入るだけ品物をいっぱいに詰めてあげなさい」

　そう指示をした。

「できるでしょうか……」

「藤田さん、私の指示通りにやって売れなかったら、そのときはもう、その品物は返しに来てくれなくても結構です。あなたにそれを全部差し上げます。いいですか、とにかく金物屋さんの店に行きなさい。店に入ったら、特別なことは何もいわなくていいのです。リュックの中の品物を並べて、このような金物を扱っています、よかったら買って下さい、とだけいって下さい。もし、安くしろといわれたら、わざと品物を片付けるふりをするんです。必ず売れるはずです。最後には丁寧にお辞儀をするんですよ。難しいことではないでしょう」

　細面の彼女はこう説明したあと、心優しい言葉を添えた。

「あなたならきっとできます。頑張りなさいよ」

「わかりました。もう一度やってみます」

時流に乗る

ハルさんに勇気づけられ、私は立ち上がった。そして彼女に深々と頭を下げ、戸川にも礼を述べた。リュックを背負った私の胸には、熱い闘志が燃え上がっていた。

「俺も、板子一枚下は地獄の死線を潜り抜けてきた男だ。戦争では負けたが、商売で負けてなるものか。絶対、売ってやる。たまげるほど売ってやる」

そう誓うと私は郡山駅発の水戸駅行きの終列車に乗り込んだ。それは昭和二十年十月のことであった。

終戦直後である。荒廃した国土の復興と建設に必要な大工道具などの需要が追いつかず、家庭用の金物も不足していた。時代が「モノ」を必要としていた。私は両肩に食い込むほどのリュックを背負い、あるときは茨城県内を行商に歩き、あるときは近郊の金物店へと足を運んだ。ハルさんにいわれた通りに軍人のプライドをかなぐり捨てた私は、次第に商売のコツをつかんでいった。

やがて戸川金物店を皮切りに徐々に仕入れ先を拡大し、兵庫県三木町、岐阜県関町、福井県武生《たけふ》町、と範囲を広げ、リュックで産地の商品を仕入れては茨城県内の隅々まで足を運んだ。

鍛冶や金物の町で知られる三木の商工会議所が昭和五十四年九月に発行した「金物のまち三木―金物のルーツを探る」という冊子がある。この中で、「戦後混乱期の中から立ち直り、軍需工場から転換していち早く金物の製造が始められ、全国各地から多くの小売店がこの地に殺到した。品物さえあれば売れる市場は、新しい問屋とブローカーを育て新興勢力をつくり上げた」と説明している。そのブローカーの一人が、私であった。大阪では「湯浅金物」（現ユアサ商事）の奥村勇次専務が戸車の荷造りを手伝ってくれたし、「日本安全剃刀」（現フェザー）の小坂利雄社長がカミソリや替刃などをリュックに押し込んでくれた。

「藤田さん、慶吾がいっていましたよ、教官殿の馬力にはとてもかなわないって。その調子ですよ。良い品を仕入れれば必ず使う人に喜ばれますから」

ありがたいことにハルさんは、しばしば貴重な言葉をかけてくれたのだった。

やがて鉄道貨物が再開されるようになると、運搬を鉄道便へと切り替え、仕入れの量も徐々に増やしていった。

昭和三十四年、株式会社藤田商店を設立。それを藤田金属に発展させる。社員も増やし、土浦市の目抜き通りに新築の自社ビルを構え、年商も十億円を超えるまでになった。順風満帆かと思われた。

官房長官に会う

昭和三十七年四月。私の会社に一本の電話がかかってきた。受話器を取った女子社員が何だか戸惑った様子である。

「社長、お電話ですが……」

「誰からだい？」

「それが……名前をおっしゃらないんです」

受話器に耳を当てる。

「藤田ですが」

「突然で恐縮です」野太い声が私の耳膜《じまく》を震わせた。

「私は官房長官の大平正芳の秘書の者です。大平が至急お目にかかりたいと申しております。ご足労願えませんか」

新日米安保条約、いわゆる六〇年安保が成立したあと、混乱の責任を取って岸信介が総理の椅子を去った。最後は石もて追われるように非難の嵐に晒されて表舞台からの退場を余儀なくされた岸だったが、総理就任当時は、早くからゴルフを楽しむなど欧米風のスマートさを身につけた政治家と話題になった。その後継として名乗りを上げ、現在は内閣を担っている池田勇人総理大臣はといえば、かつて「貧乏人は麦飯を食え」といったように、歯に衣着せぬ硬骨漢で大酒飲み、岸とは真反対といってもいいほどのバンカラだった。その池田が今や「寛容と忍耐」を唱え、所得倍増計画を打ち出して、新たな日本経済発展への幕開けを謳っている。そしてその池田を側近として支えたのが「鈍牛」の異名を取る大平正芳だった。

「官房長官ですって。ハハハ、お掛け間違いですよ。私は金物会社の……」

「いえ間違いではありません。アメリカを空襲された藤田信雄さんですよね」

いきなり心の古傷に触れられた気がしてヒヤリとした。

「いや、その……」

私は何か面倒な事態が訪れるのではあるまいかという予感を覚えた。かといって、時の内閣の官房長官が会いたいといっているのを、理由もなく断わることはできない。私は、

「わかりました。伺います」

と答えた。

会社のオーナー社長とはいえ、私は都心の高級料亭で騒ぐようなことは一切なかった。だから、慣れぬ赤坂の夜の街を探しあぐみ、やっと指定された料亭に辿り着いた。

座敷に独り、秘書は待っていた。

「間もなく大平も参ります」

その短い挨拶に軽く会釈で応える。

「いったい何の用ですか、私のような者に」

秘書は黙って笑みを浮かべ視線を送る。

女将が襖を開ける。

「大臣がお見えになりましたよ」

見れば堂々たる体躯である。

私は反射的に立ち上がるや、頭を下げた。

大平は立ったまま会釈を返すと、私の手を握った。

「よく来てくれましたね。実はアメリカがあなたの身元の照会を求めてきたので……。まぁ、話はあとにしましょう」張り詰めた空気を払うように、恰幅《かっぷく》豊かな大平が語りかける。「今夜は気楽にして下さいよ」。

「はぁ……」

「戦時中は潜水艦付きのパイロットとして鳴らされたと聞いておりますよ。実はねぇ、これはあんまり他人にはいっていないんですが、戦前私は海軍兵学校を受験したんです。一次も面接も受かったんですが、身体検査で落とされちゃった」

大平正芳官房長官

私のこわばりをほぐすかのように、大平は頭をかきながら笑顔で話し始めた。のちに「あーうー」しか聞こえないと、訥弁《とつべん》を揶揄《やゆ》された大平だが、語り口は滑らかだった。

料理と酒が運ばれると、秘書がサッとお銚子を取って私に酒を注ぎ、すぐに大平にも酌をした。

「空母でさえ、大海原では小さくて発見するのに苦労するそうですが、潜水艦への着艦は容易ではなかったでしょう」

「ええ、やはり経験則ですかね、それでも何度も危険な目に遭いました」

「藤田さんの技量が優れていたということですな。いくら経験しても、誰もができるというわけにはいかない」

私には、大平が今夜伝える用件のために、聞きかじりの知識で自分を持ち上げようとしているのだとは感じられなかった。その言葉には心がこもっていると思った。

今度は大平がお銚子を取った。官房長官手ずからの酌に恐縮する。微笑をたたえた大平は私より一歳年上、我々はほぼ同年齢だ。

「余計なことをお訊きするようですが、戦後はどうされていました？」

なぜそんなことを訊くのか。だが、私は毫《ごう》も斟酌《しんしゃく》することなく腹の中のままをいった。

「若いころは戦争のため青春を奪われました。戦後は生きるため家族を養うため汗を垂らして働きました。私は、金がなく、無力であっても、やろうと思えば必ずできると心に信じて、生きてきました」それは本音であった。「貧者の一灯」すなわち「貧しくとも清く生きる」は私の座右の銘である。「国の将来を担う若い人たちにももっと心を鍛えてほしい。青年たちが物質主義に走るのは間違っていると思うんです」。

「政治家も心すべきですね」

大平は私の言葉を真っ直ぐに受け止めてくれた。その偉ぶらない態度に私は好感を覚えた。

総理大臣の計らい

「ところで藤田さん。戦後、航空自衛隊が誕生したとき、入隊するつもりはなかったのですか？」

「ええ、あのころはもう飛行機の操縦はしないと決めていたものですから……」

確かに私は航空自衛隊に入った先輩や海将の筑土から入隊を勧められたことがあった。しかし、士官待遇を約束された誘いを「もう飛行機には乗りたくない」とあっさりと断わったのだ。

その理由は明瞭だった。「乗りたくない」という短い表現に私は、戦争で体験した諸々《もろもろ》の思い、万感の思いを込めていたのだ。「神州は不滅」と信じ、「陛下の赤子《せきし》」として劣悪な環境にも耐え、戦ったあげくの敗戦である。そのあとに残されたものは何であったか。神兵、軍神と崇められた英霊は戦後、軍国主義の先棒を担いだとして糾弾され、戦犯の汚名を着せられ非難された。

戦友らは国を守るため、家族を守るため、愛する人を守るため身を挺して戦ったのではなかったのか。あたら青春を散らした戦友に対する痛惜の念が桎梏《しっこく》となって私の心に渦巻いていたのだ。

「それにもう歳でしたから……」

「そうでしたか……」

大平は何かを察したのか、それ以上深くは訊かなかった。

大平は改めて私に酌をすると、居住まいを正した。いよいよ本題に入るかと思われる。

「藤田さん、初めに一つだけお約束していただきたいことがあります。今夜の面会はマスコミに話さないでほしい。これは、藤田さんにとっても、要らぬご迷惑をおかけすることになりますから」

私は無言で、しかしはっきり頷いた。大平は話を切り出した。

「我々は外務省を通してあなたの身元を先方に伝えました。間もなく何らかの連絡が来るはずです。ご存じのように真珠湾攻撃や捕虜虐待などで日本軍人への反感はまだ相当に根強いものがあります。しかもあなたはアメリカ本土を空襲した唯一の日本人です。万一、渡米して、報復を受けたとしても日本政府はあなたの身を守ることができません」大平は一瞬、視線を逸らした。「それに、これは総理とも話し合ったのですが、日本政府は藤田さんが渡米されても一切関知しないと決めております。その辺りはご理解願いたい。ただ総理の指示で、現地でお金が必要になったときには向こうの日本の商社が用立てるよう手筈だけは整えています」。

一国の総理大臣が一庶民の身を案じてくれているのか。そう思うと政府の行動・支援に限界があることに動揺はなかった。しかし、大平の話を聞きながら、とうとう来るべきものが来たと感じた。私は決意を固め、何事が起ころうとも堂々と立ち向かおうと思った。

「総理も大臣も、そんな心配はご無用です。私も軍人の端くれ、万一の場合は、彼らの前で、腹を切る覚悟です。ただ私は決して、懺悔《ざんげ》をするつもりはありません」

私の物騒な応答を、大平は全身で受け止めている。そんな緊張が伝わってくる。もとより命を捨てる心構えなくしては成り立ち得ない話だった。そのことを大平はすべて理解していた。

そこまで理解し合った二人は、そのことの重みを共有した。お互い共有したと認識した。それは、そこまで相互に理解し合い、充分に認識し合わなければ成り立たないものだった。初めて大平は安堵の色を見せた。

大平はすべてのくびきを解かれたように、晴れやかな笑みを満面に浮かべ、「さぁ」といって私の杯に酒を注いだ。それまでなめるようにちびちびと酒を口に運んでいた私だったが、今注がれた酒をぐっと飲み干した。

酒は強くない。ほとんど下戸といっていいほどで、そのことを自覚している。だが、普段は口をつけるだけでやり過ごし、場合によっては断わる酒を、この日はよく飲んだ。私は身体が熱くなるのを感じ、酔いが身体中に巡っていくのがわかったが、不思議に意識も考えもしっかりしていた。気持ちが悪くなることもなく、最後まで冷静に振る舞い、語ることができた。

第六章

青天の霹靂

我が友、エス・チャング

大平正芳官房長官と会って間もなく、その大平がいっていた通りに、外務省経由で私のもとに一通の封書が届いた。開封すると、

「日米友好親善のため、オレゴン州に爆弾を投下した貴殿及びご家族を当地に招待したい」

と書かれ、オレゴン州ブルッキングス市長のサインが添えられていた。何度も読み返し、私は首をひねった。不可解である。偽の手紙かとも疑った。また封筒にはブルッキングス市の青年会議所会長からの手紙も同封されていた。それには、

「アメリカは開国以来、外敵の侵入を許したことがなかった。日米戦争において貴殿はこの史上の記録を破って、単機でよく、米軍の厳重なレーダー網をかい潜り、アメリカ本土に侵入し、爆弾を投下した。貴殿のこの勇気ある行動は敵ながら実に天晴れである。その英雄的な功績を讃え、さらなる日米の友好親善を図りたい」

と書いてある。

「おかしい……いくら戦争とはいえ米本土を爆撃した敵側の人間を招待することが、なぜ日米親善になるのだろうか……」

私は手紙の真意を測りかねていた。

この、ブルッキングス市長が私に招待状を発送したというニュースをいち早くキャッチしたのが、「タイム・ライフ社」のニューヨーク本社編集部だった。本社はさっそく東京支局に、私への取材を行なうよう指示した。そしてその取材を担当したのが『タイム』誌の記者、エス・チャングである。これが私との長い友達付き合いの出発点になった。チャングはアジア系の米人記者である。

話は前後するが、息子の保芳とその一家が昭和五十五年三月、カナダへ移住できたのも、チャングの仲介であり、一家が安心してカナダで暮らせるようにと永住権の取得に力を尽くしたのも、彼である。

チャングはすぐに土浦にやってきた。私はというと、取材には応じたものの、ますます疑念を募らせていた。不可解な手紙に加え、官房長官からは「渡米には責任を持てない」とクギも刺されている。ブルッキングスに行ったら、殺されないまでも、復讐のため袋叩きになるのではないかと躊躇していたのだ。

「やはりあの招待は自分を殺すための誘い水のようなものなのでは……」

すでに、この件に関しては何が起きてもうろたえないと覚悟は決めている。大平に向かって

「万一の場合は、彼らの前で、腹を切る覚悟です」ともいった。しかし、殺されるために、わざわざ出向く馬鹿はいない。

そんな私の心の葛藤《かっとう》を見通したのが、チャングだった。彼は口を酸っぱくして私に渡米を勧めたのだ。

「ブルッキングスの市民からはきっと、英雄として大歓迎されますよ。戦犯だなんてとんでもない。これは絶対、僕が保証します。だからご家族も連れていくべきです」

チャングは繰り返しこういった。

私は、自分が英雄などと思ったことはない。そもそも米本土爆撃は軍事機密だったから、日本人は誰も知らない。家族にさえ話すことを禁じられていたのだ。

私は腹を括った。

「イチかバチかだ。辱《はずかし》めを受けるようだったら軍刀で腹を切ればよい。彼らだってよもや女、子供に手をかけることはあるまい」

そう決めたら、胸が軽くなった。

グランド・マーシャル

パンアメリカン航空のボーイング七〇七型ジェット機で、私は妻と息子を伴い、昭和三十七年五月二十三日、アメリカに向け出発した。潜水艦の飛行長として米本土の森林、すなわちオレゴン州のエミリー山に焼夷弾を投下してから二十年が経っていた。静かな佇まいのブルッキングスの市街地は、そのエミリー山を十キロほど下ったところにある。

戦後初めての空の旅に緊張感を覚えながらも無事、ロサンゼルス空港に着くと、元海兵隊員のハロルド・バワーズという男が迎えに来ていた。彼のワゴン車に乗り換え、カリフォルニアとオレゴンとの州境を越える。道中、バワーズがニコニコ顔でいろいろ話しかけてくるが、私は無言である。さらに太平洋沿岸を一時間ほど走った。ここまで来るとブルッキングス市はもう、目前である。

車が停まったのは市庁舎の正面玄関だった。すでに辺りは黒山の人だかりである。なんと市民の半数もが詰めかけていたのだ。車から刀袋《かたなぶくろ》を握り締めた私が降りると、「オーッ！」という歓声が沸き起こった。中には拍手をしている者もいる。意表を突かれた私は呆気に取られたまま、しばらくその場に立ち尽くした。すると待機していたカメラマンのフラッシュが一斉にたかれた。私はふっと全身の力が抜けるのを感じた。

ブルッキングスの名物は美しい海岸線と、ツツジの花で彩られる有名な「アゼリア祭り」である。この祭りは毎年五月に開催される、ブルッキングスの最大行事である。ハイライトはなんといってもメイン・ゲストとミス・ブルッキングスが同乗するオープンカーでのパレードだった。例年、ハリウッドの映画スターや人気スポーツ選手らがゲストとして招待されていた。

今年も例年の如く、誰をメイン・ゲストに迎えるかという難題で、祭りを主催するブルッキングスの青年会議所は連日、議論を重ねていた。そんなころ、たまたま米海軍協会発行の機関誌に、「日本人パイロットが戦時中、ブルッキングスのエミリー山に爆弾を投下した」という記事が載った。それが、退役軍人から青年会議所にも伝えられ、一躍、私に注目が集まったのだ。

ところが、アメリカ在郷軍人会のオレゴン州支部がこの人選に強硬に反対し、「キューバのカストロを招くようなもの」「三千ドルもの大金を使ってなぜかつての敵を招待するのか」などと騒ぎ出した。抗議運動はエスカレートし、青年会議所のメンバーが経営する店が投石被害を受けたこともあったという。しかし、「戦争を美化するのではなく、あくまで日米両国の友好と平和親善のため」と青年会議所の面々に説得されると彼らも次第に態度を軟化させ、ほどなく、私を祭りの主賓とすることを正式に決定し、日本の外務省に手紙を送ったのだった。

パレードは五月二十八日に行なわれた。私とミス・ブルッキングスを乗せたオープンカーは、色とりどりのコスチュームを着たさまざまな参加者を従え、進んでいった。私は沿道を埋め尽くす市民に何度も何度も手を振り、感謝の気持ちを返した。

ふと見ると、車列の周りをミニカーがチョロチョロと動き回っている。ミニカーは蛇行運転をしたかと思うと、急に向きを変え、一直線に走行したりする。「小さなおもちゃなのに、やけに精巧にできているなぁ」と思ったとたん、ミニカーはオープンカーの横でピタリと停止した。するとそれを上手に操作していた野球帽を被った子供がニコニコと笑みをたたえながら私のもとに近寄ってきて、小さな手を差し伸べた。私は車を降り、腰をかがめ、その子の手を握った。

「可愛い坊やだね、いくつかな？」

日本語だからその子には通じない。だが周囲の群衆がこの光景に気づき、盛大な拍手を送り、我々二人を取り囲んで一斉にカメラのシャッターを切り始めた。翌日の地元紙は二人が握手する写真を大きく載せ、「アゼリア祭りのクライマックス」と報じていた。

愛刀を贈る

私は滞在中、「どんな事態に遭遇しても、元日本軍人らしく、決して取り乱してはならぬ」と心に決めていた。しかし、それは杞憂でしかなかった。チャングがいった通りだったのだ。

そんなホッとした思いもあったのだろう。ブルッキングス市主催の歓迎晩餐会のスピーチで、私はワインの酔いも手伝ってか、いささか長広舌《ちょうこうぜつ》を振るった。

「今晩、みなさまにお会いする光栄に浴し、非常に嬉しく存じます。まず始めに私は、心の底からブルッキングス市のすべての方々に、心より感謝の気持ちを表明させていただきます。

アメリカ合衆国への私の訪問は、今回で二度目です。最初の訪問は二十年も前のことでした。不幸にも当時は、アメリカ合衆国と日本は戦争状態でありました。私の訪問の目的も日本帝国海軍の一パイロットとして、祖国日本により命令されました任務を遂行するためでありました。

当時のことを振り返ってみまするに、私の任務は、危険極まりない、かつ無謀なるものであったと思います。私は日本に生還できるなどとは夢想だにしなかった。もちろん私はアメリカ合衆国に再びこうして訪問できるとも思わなかった。しかしながら私は家族とともに今、当地ブルッキングス市に来ております。しかも、このたびの私どもの訪問は、あなた方すべての寛容なお気持ちによって実現されたのであります。

率直に申しまして、私は第二次世界大戦が終わって以来、戦争のあらゆる思い出を己《おの》れ一個の中に封印しようと努めてまいりました。したがいまして、外務省を通じ、あなた方のお手紙を受けたとき、私はとても驚き、それをお受けしてよいものかどうか、非常に苦しんだ次第です。そもそも我々日本人にとっては、今回のような心あたたまる友好の手を、危害を加えようとした者に差し伸べられること自体、理解に苦しむことなのでございます。

「豊後高田在銘」の家宝を贈る著者（左）

第二次世界大戦では日本人もアメリカ人も、否、世界の多くの人々が犠牲になりました。日本人もアメリカ人も戦争の愚かさを悟ったと思います。あまりにも高価な代償を支払ったからです。戦争を防止するためには、お互いが友人となるための努力をすることです。日本とアメリカ合衆国とはかつて敵同士であった。これは事実です。しかし、今や私たちは友情というキズナで強く結ばれており、世界平和に多大な貢献をしております――」

ここで私は一瞬言葉を区切った。日本から持ってきた軍刀の説明をしなければならないと思ったからだ。それはすでに地元の新聞で話題になっていた。私が恐れたのは、渡米後、どんな事態が発生するか予測がつかないということだった。日本人に対して反感を抱いている者もいる。反日感情はまだ根強いのだ。そこで、戦争中、出撃する際も、いつも操縦席に持ち込んでいた愛刀を研ぎ直し、持ち出しの許可も得たのだった。だが、口が裂けてもそうはいえない。そこで私は気を利かして、

「この軍刀は四百年前から藤田家に伝わる私の魂です。片時も離さず、もちろん、オレゴン州出撃のときも身に付けておりました。しかし、もう私には必要ありません。これを貴市に寄贈させていただきます」

と述べた（このスピーチを翌日の地元紙は「フジタ、サムライの魂を市長に贈る」と伝えた）。

そして私は挨拶をこう締め括った。

「私は一生、このご厚意を忘れないでしょう。私にこのような機会を与えて下さったブルッキングス市民のみなさまに心から感謝いたします。私は本日が生涯最良の日であろうと信じます。みなさま、本当にありがとうございました」

人々は総立ちとなった。スタンディング・オベーションが鳴りやまない。そのとき、杖をつき、足を引きずりながら一人の男性が近づいてきた。それは、フィリピンのバターン半島で日本軍の捕虜になり、終戦まで北九州で強制労働に従事させられたローガン・ケイ元陸軍少尉だった。とっさに私は歩み寄り、二人は会場の真ん中で固い握手を交わした。ケイは私の耳元で囁《ささや》いた。

「過去を忘れて、お互い祖国の繁栄と、日米両国の親善、ひいては人類の幸福という大きな目的に向け努力しましょう」

そういってケイが私の肩を抱くと、期せずして大歓声が上がった。

さらにまた一人、今度は青年が近づいてきた。

「これは、消防隊員だった父があなたの投下した爆弾で起きた火災の消火に出動した際、現場に落ちていた日本軍の爆弾の破片です。父はもう亡くなりましたが、あなたが来られたのでこれをお返しします。日米友好の証しとしてどうかお受け取り下さい」

そういうと彼は包みを開き、破片を私に差し出した。私はそれを手の平に載せ、そっと嗅いでみた。あのときの焼夷弾の硝煙の匂いが、かすかに残っていた。

第七章

天国から地獄

奈落の底

昭和五十五年三月一日、関東地方に春一番が吹き荒れた。その約二週間後の十三日、私は東京都大田区内の国鉄大森駅で下車した。目的は大田区中央八丁目にある「双葉電線」の本社を訪れるためだった。

駅前からバスに乗り、窓から景色を眺める。表通りはデパートやスーパーの進出で繁栄日本を感じさせるに充分である。ただ、バスは交通渋滞でノロノロ運転だった。

「あと何年生きられるか。この先、何年仕事ができるのかわからないが、生涯の最後の花を咲かせたい。あのときの恩にいつかきっと、お返しをしなければならない。そのためにもスピードアップしなければ。齢七十、なにしろ私の寿命が待ってくれないんだから、ゆっくりなどとはいっておられない」

私は胸の内でこう呟いた。バスは観音通り商店街を素通りし、十分ほどで、双葉電線本社近くのバス停に着いた。

終戦から地道に育て上げた私の会社は前年の昭和五十四年秋、約十五億円の巨額の負債を抱えて倒産した。茨城県内では戦後八番目の大型倒産だった。

金物の行商から身を起こし、金物店が経済成長の時流に乗り、「藤田金属」と社名も変更し、いつの間にか金物のほか電動工具、建築資材なども扱う県内でも名の知れた会社になっていた。営業面では大きな収益を上げ、数年後に県内で開催される「筑波科学万博」を見据え、前途洋々だった。いや、そのはずだった。しかし、戦後三十余年の苦労がそれこそ一夜にして瓦解し、私は無一文となった。

その二年半前、長男の保芳に社長の椅子を譲った時点では経営は順調だった。私自身は代表権のない会長職に退き、ライオンズクラブの活動に本腰を入れ、社会貢献に日々奔走していた。つまるところ、会社の一切を息子に任せたのが裏目となったのだ。

「あの子は経営者の器ではない。これからは自分の特技である英会話を活かす仕事に就いてほしい。それ以外に、あの子の生きる道はない」

息子の失敗を一身に引き受けた私は、社員や債権者に頭を下げた。債権者や地元マスコミの突き上げに私はただ、頭を垂れるより仕方がなかったのだ。

債権者会議を前に弁護士が私にこう注意した。

「書類帳簿などが整い、債権者に充分に説明ができるまで会長はマスコミの取材に対応しないでほしい。社長らを債権者が捜しており、会長だってひょっとすると連れ去られる可能性もある。債権者に説明できるまでは我々に任せて、どこか温泉にでも行ってしばらく身を隠していてほしい」

その忠告に素直に従い、私は家を出て一人で栃木県の鬼怒川温泉へ向かった。

妻のあや子は、私への軍人恩給と年金を頼りに一人で暮らし始めた。息子夫婦とその二人の子供は間もなく、伝手《つて》を頼ってカナダへの移住を決め、空港から飛び立っていった。私の家族はこうして離散した。

私は現金収入を断たれた上、地元の土浦にも戻れず、その後、各地を転々としたあげく、やむなく隣町の知り合いのアパートに転がり込んだのだった。

働かねば生きていけない。思い余った私は恥を忍んで双葉電線社長の高森虎太に電話をかけた。

「高森さん、何でもやる。仕事をくれないか」

必死にそう懇願したのである。

やり残した仕事？

「急にそういわれてもとりあえずは車の運転ぐらいしかありませんよ。とにかく電話ではなんですから会社の方に来て下さい。私も会いたいし、家内も喜びますよ」

翌日、私は双葉電線本社の応接室で高森と再会した。三十五年ぶりに私の前に現われた彼は、すっかり貫禄を付けていた。その場で、神奈川県にある双葉電線の大和工場と綾瀬工場に勤める工員の送迎バスの運転手として雇われることとなった。

「綾瀬工場に住み込みで給料は十三万円。それに加え、工場内での電線の線巻き作業もしていただければ、給料を増額するつもりです」

「私みたいなポンコツを雇ってもらって、本当に悪いねぇ」

私は高森に手を合わせた。

「よして下さいよ藤田さん。ところで何歳におなりになりました？　あの当時、鹿島空の教官の中でもベテランのように見えましたが」

「もう数えで七十だよ。戦争が終わってからというもの脇目も振らず働いてきたが、こんな羽目になり、情けないと思っている。脇が甘いと批判されても仕方のないことだが……」

私は床に視線を落とした。

「そうでしたか、同期らの噂で少しは聞いていましたが……。うちの仕事は最初は馴れないと大変だと思いますが、とにかく頑張って下さい。あぁ、それと、明日またこちらに来てもらえませんか。私が直接、大和と綾瀬の工場に行って藤田さんを従業員たちに紹介しますから」

「よろしく頼みます。やり残した仕事があるんだ。君に、藤田は厄介者ではなかったと思われるように頑張るよ」

「何です、やり残した仕事とは？」

「笑われそうだから、追い追い話しますよ」

やっと仕事先が決まり、私はホッとため息をついた。

苦しい思い出

翌朝、双葉電線本社に午前十時に到着した。高森の高級車に同乗し、まず大和工場に向かった。車は道中、雨の降りしきる中、しぶきを上げて走る。数珠繋ぎとなったトラックや自動車とすれ違う。工業立国の一断面がこんなところにもうかがえる。戦前からの農業国が、自動車業界を先頭に工業国へと変化する凄まじさを、私は感じていた。

大和工場に着き工員らに紹介されるとすぐ綾瀬工場へと向かった。その車中で高森が独り言のように呟いた。

「綾瀬の工員の平均年齢は四十六歳。ベテランは多いが、今後、考えないといけない問題が多々あるんです。特に将来に備えるためにも若者を育てなければならないのだが、単調で汚れる仕事が今の若者には受け入れられないのが現状で、頭が痛いんですよ」

「確かに今の若者はそういった仕事は嫌う傾向にあるからなぁ」

私はそう応じた。

「我々が若かったときと時代が違うなということを最近、実感させられることが多くなったような気がしています」

「どこの職場でも同じだと思うけど、明朗で魅力ある職場にすること、これがまず、第一ではないだろうか」

「ゆくゆくは従業員の教育も藤田さん、お願いしますよ。昔取った杵柄《きねづか》で……」

高森はハンドルを握ったまま、チラッと私の横顔を見遣っていった。

「昔取った杵柄……それをいわれると高森さんよ、俺にはどうしても忘れられない、苦しい思い出があるんだ」

　その思い出とは、昭和二十年二月十六日に関東上空で起きた空中戦のことである。金沢の第四高等学校（旧制）出身の政見少尉はまだ飛行時間が少なく、実用機教程を修了したとはいえヨチヨチ歩きができるだけの荒鷲ならぬ「雛鷲」でしかなかった。空中での戦闘は一瞬のことであり、あの日、敵に射撃できなかったのも無理はなかった。

「政見は汚名をなんとか返上しようとしたものと思う。だから次の日、出撃したのだ。彼は真面目な男だったから……。せっかくあのときの戦闘で、グラマンの十三ミリ機銃六梃に対して水上機の七・七ミリ二梃でも戦えることを証明してやったつもりだったのに……」

「藤田さんの腕だからそれも可能だったと思いますが、誰でもというわけにはいかないでしょう。自分を責める必要はないと思いますよ」

心機一転

　初出勤の日が来た。私はいつも通り、朝五時半に起きた。六時にパンと牛乳だけの簡単な朝食を摂り、六時半にアパートの自室のカギを閉め、ライトバンに乗り込んだ。カギは管理人に返した。約一年間にわたり身を隠していたアパートともお別れである。荷物はわずか、今やこの中古の軽自動車が私の唯一の財産だった。かつては高級車を乗り回していたのだが……。車は小松川インターより首都高速に入り、東名高速を走って約二時間で大和工場に到着した。

大和工場では工場長の佐川昭一が私の到着するのを待っていてくれた。それは高森の指示であった。互いに型通りの挨拶を交わすと、綾瀬の工場長も兼務する佐川が私の車に乗り込み、綾瀬工場に向かった。改めて工場の面々に紹介され、この日から工員の仲間入りとなった。車から荷物を降ろし、工場内の片隅にある自分の棲みかとなる部屋を掃除した。午前中いっぱいかかった。厚木基地に離着する米軍機の爆音が聞こえる。妙に懐かしさを覚える。

「社長に、藤田を採用してよかったと思われるよう頑張らなければ」

そう自分にいい聞かせながら気持ちを引き締め、さっそく午後から働き出した。まずは西濃運輸への製品運び、それから送迎バスでの大和駅までの工員送り、最後に工場の戸締り点検。初日から大忙しであった。夕食は、豆腐入りの味噌汁とハンバーグ、それに好物の赤貝の缶詰で済ませた。

大分県西国東郡真玉町（現豊後高田市）の私の生家は、周防灘《すおう》の海岸まで約五百メートルのところにあった。近くの別府湾を連合艦隊が寄港地にしていたことから、周防灘の沖を絶えず軍艦が行き交った。子供のころ、家の前には干潟《ひがた》が点々と広がり、そこでは赤貝をはじめマテ貝、ハマグリ、アサリなどが獲れ、潮だまりでは、小魚やカニやエビなどが手づかみで獲れた。それらが毎日のように貧しい我が家の食卓を彩る。だから今でも食事には海の幸が欠かせないのである。

初出勤から約一週間が過ぎた。今日、三月二十七日はカナダに永住する息子、保芳の誕生日だ。彼の地で今ごろどうしているのか。息子といっても、もう四十四歳、それも二児の父親である。得意の語学力できっと自立してくれると思うが、親としてはやはり心配だ。

毎朝午前五時三十分に起き、朝食を済ませ、送迎バスで大和駅まで工員を迎えに行く。午前中は線巻き作業に従事、午後は製品の運送、帰ってまた機械の前に張り付いての線巻き作業。そして退社する工員を大和駅まで送る。休む暇なし。体を酷使し、心地よい汗を連日流す。だが、この年齢ではこれ以上、いつまで働けるだろうかと弱気になることもある。それを必死に耐えた。

「社長の厚意に報いるためにも頑張らなければならない」

そう思い、自分の体に鞭を打った。しかし、体が、足が、腰が痛む。なにしろ歳が歳である。

普通なら孫の世話でもするような年代だ。それなのに自分の息子と同じ歳ごろの工員に交じり、馴れない仕事に悪戦苦闘しているのだ。

「これが私の人生なのだから仕方がない。人間の生涯なんて水泡みたいなものだ。体は確かに痛むが、それにもたぶん馴れるだろう。工場の機械の騒音にも馴れてきたのだから、きっと大丈夫だ。いくらか老いたとはいえ、戦争のころや金物の行商のときと比べればやれないことはないさ」

私はそう納得した。

月々三万円の積み立て

双葉電線に来て初めての給料日を迎えた。給料袋の明細を見ると、高森社長との取り決めの十三万円には不足している。諸経費が引かれ、十二万七千円也、税引き後の手取り額は十一万六千円だった。諸経費などが引かれるのは別に構わないのだが、この額は送迎バスの運転手としての給料分だけである。

工場内での線巻き作業の増額分が抜け落ちている。この手取りから三万円を定期預金に積み立てる予定なのだ。目標の金額は百万円、それで、なんとしてもやり残した仕事を実現させたい。社長との約束では、工場内で線巻き作業の仕事もすれば給料を増額してくれるはずだった。これが反映されていない。一カ月間、工場内での仕事を無給で働いたことになる。

一生懸命にやったのにそれを見てくれなかったのかと思うと、口惜しくてならなかった。もう仕事は送迎バスの運転だけにしようと心に決めた。

「線巻きはやらない」

翌日、工場内で次長の水尾にこういい放ち、私は機械のそばには近づかなかった。強硬手段に出たのだ。

すると夕方近く、工場長の佐川から電話がかかってきた。

「次長から話を聞きました。私のちょっとした手落ちです。送迎バスの運転のほかに線巻き作業もやると給料を増額すると社長が約束していたようですね」

「そうです」

「社長からそれについて何も聞いていなかったもんですから。線巻き作業は藤田さんのサービスかと勘違いしておりまして」

「えッ、サービスだって……」

私は怒りを必死に抑え、喉まで出かかった言葉を呑み込んだ。

「大変申しわけありませんでした。すぐ総務に給料の修正を指示しますので……。今回の私のミスのことは忘れて下さい。来月分に上乗せするか、二、三日中にも増額分を支給するかを考えますから」

「わかりました。私はムキになって仕事をするタチなんです。佐川さん、明日からまた、線巻き作業の方も全力を挙げ、頑張りますよ」

電話の受話器を置き、私はフッとため息をついた。

「私の頑張りは、ほかの人には不思議なことであろう。普通だったら仕事もしないでのんびり暮らすような歳だ。しかし私は今を、人生の再スタートだと思っている。まだやらねばならぬことがあるのだ。それだけに体には注意しないと。たとえ五年か、十年でも、これからも働くことができるよう、自己管理をしないといけない」

自室で自分にそういい聞かせた。

臨時ニュース

次の日から送迎バスの運転の傍らまた、線巻き作業も始めた。すると次長の水尾が珍しく自分の方から私に声をかけてきた。水尾はもうすぐ不惑を迎える年齢だ。

「明日は休日ですが、工場の生産が追いつかないので出勤する者が多いはずです。藤田さん、ご迷惑でしょうが送迎と、できれば線巻きの方もやってほしいんですけど……」

「迷惑なんて思っておりませんよ。わかりました、明日も工場に出て、みんなと一緒に働きますよ」

「そうですか、それは助かります。実は、ようやく藤田さんの人柄が、僕にもわかってきました。始めのうちは藤田さんを修行僧のような、堅苦しい方だと思っていましたが……」

「修行僧……」

「僕も藤田さんを世捨て人か何かのように感じていましたよ」

社長の甥、高森芳勝が横から口を挟んだ。

私は思わず手を振った。

「とんでもない、普通の爺さんだよ、俺は」

若い二人にそのように見られていたのか。だが、自分は決して僧侶のような堅物ではない。まして や聖人君子のような立派な人間でもない。羽振りが良かったころ、宴会でよく使った旅館の若い仲居に手を出し、それこそひと騒動起こしたこともある。

「藤田さんは海軍時代は凄い人だったと伯父からちょっと聞いたことがあるけど、そんな人が今、送迎バスの運転や線巻き作業を若い僕らと一緒になってやっているんだもの。いったいそのバイタリティーはどこから来るんですか？」

と、芳勝が私の顔をのぞき込んだ。

「うーん、強いていえば、三度の食事をきちんと摂ること、あとは洗濯を自分ですることかなぁ。洗濯は海軍時代から自分のものは自分でやっていたから、億劫《おっくう》にもならない。我々の若いころには洗濯機なんて便利なものはなかったからな」

私はこう軽口を飛ばしながらも、やっと彼らの仲間になれたという喜びに浸っていた。

水尾のいった通り翌日は、休日にもかかわらず、会社からの要請に応え、多くの社員が出勤してきた。ちょうど衆参両院議員選挙の最中で、いわゆるダブル選挙の投票日を十日後に控えていた。すると突然、臨時ニュースがテレビから流れてきた。選挙活動中に倒れ、入院していた総理大臣の大平正芳が死去したというのだ。

テレビによると、七十歳の大平は、死の間際まで選挙の行方を気にしていたという。画面を見つめながら私は、大平に、密かに会ったあの日のことを思い出していた。

次長への辞令

双葉電線の綾瀬工場に住み込み、送迎バスの運転や製品の運搬、工場内での線巻き作業の日々を送るうちに、丸一年が過ぎた。相変わらず給料から毎月約三万円を定期預金として積み立てている。

この日、得意先の古河電工から数人の社員が綾瀬工場に視察に来た。社長の高森が直々に案内している。帰りしな、私の肩をポンと叩いた。いつになく上機嫌だ。

「近く、社員の配置替えを行ないます。その際、藤田さんには工場次長の仕事を受け持ってもらうつもりです。これからも頑張ってほしい」

辞令前の内示である。

藤田金属の社長、会長職の経験はあったが、今はただの一工員に過ぎない。それだけに高森の心遣いが嬉しかった。

「よし、社長と工員のパイプ役に徹し、工場を徐々に良い環境に持っていこう」

そう決意し、辞令が出るとさっそく工場の従業員が常に心がけてほしい事項を箇条書きにし、それを工場内の壁に貼り出した。

一つ、間違いを起こさないこと（不良製品をつくらない）
二つ、就業時間を有効に使うこと（能率を上げる）
三つ、資源を大切にし、節約に心がけること（材料、用具を大切に。省エネを考える）

工場長の佐川は本社に勤務しているため、綾瀬工場では次長が実質的なトップとなる。私は闘志をたぎらせた。ただ、工場内には今回の人事に不満な者も結構いるようだ。ほどなくして、さっそく抵抗勢力の一人が難問を突きつけてきた。

「藤田さん、ボビンの取り外しを手伝ってほしいんだけど」

「えッ……」

今までそんなことはやったことがない。嫌がらせであることははっきりしている。ただ、ここで「やれない」とはいえない。幸い、一年二カ月の間に、工員たちの仕事ぶりを観察し、手際や要領を頭に入れている。

「どうしました、藤田さん？」

「わかった。ちょっと待ってくれ。すぐやるから」

ここが勝負の分かれ目と感じた。見よう見まねで機械に取り付くと、自分でも意外と思えるほど簡単に「ボビン」を取り外すことができた。私の一心が、嫌がらせに勝ったのである。難題を吹っかけてきた工員は茫然と立ち尽くしている。それを見た私は、潜水艦でのあの経験も役に立ったのかな、と独り悦に入った。


イ25潜水艦に搭乗していたとき、飛行機の発進は夜間か黎明時に限られた。飛行機は上部前甲板の格納筒に、胴体はカタパルト台に載せたまま、両翼とフロートは胴体から外して格納されていた。出撃のときはカタパルトに載せてある胴体だけの飛行機を引き出し、すぐさま両翼とフロートを取り付け、潜水艦本体が全速力で風上に向かって突っ走り、飛行機もフルでプロペラを回し、カタパルトから射出すれば飛び上がる仕組みになっていた。それからは敵に悟られないように、敵のレーダー網をかい潜る。偵察から帰還すると、零式小型水偵は甲板にクレーンで揚収され、胴体と主翼、尾翼、フロート部分などに分解される。懐中電灯が照らす、か細い光の下でそれは行なわれ、潜水艦の格納筒に再び納められるのだ。敵に発見される前に一刻も早く潜航するため、解体は七分前後で完了しなければならなかった。

飛行機の解体も組立も、専門の整備兵は二、三人だけ。残りは主翼の担当が衛生兵だったり、フロート部は主計兵、胴体は電信兵だったり、もちろん、操縦士である私や奥田も加わり、迅速に手際よく行なう。たとえ、いわば臨時雇いの素人集団であっても、何度となく経験を積むうち、夜間、列車の屋根ほどの幅の、しかも揺れる甲板の上で、それこそ手探りで仕事ができるようになったのである。

「偉い軍人さん」の言葉

双葉電線の新体制は昭和五十七年五月二十一日からスタートした。大和工場にいた横田が綾瀬工場の製造部次長になった。工場次長の私を補佐するためである。

「機械のことは専門の君に任せ、私は線巻きをやりながら工場全体の人事面などを見ることにし、何か問題が起きればそのつど、君と相談して対策を練ることにする」

そう横田に告げた。

工場内での私に対する工員たちの態度もこのころになると良い意味で、微妙に変化していた。そんな雰囲気に気づきつつも胡坐《あぐら》をかくことなく仕事に励んだ。ある日、高度な技術を要する〇・八ミリのロー付けに挑戦することにした。ところがいざやってみると、なかなかうまくいかない。すると、

「藤田さん、こうやるんですよ」

と、過日、嫌がらせをした若い工員が今度は進んで教えてくれる。

「そうかそうか。やはり餅は餅屋だな」

私はすぐにロー付けの仕事を覚えた。

「さすがだなぁ、藤田さん」

「君の教え方が上手なんだよ、素人の俺でもすぐできるようになったんだから。そうそう、昔の偉い軍人さんが、こういう言葉を遺している。それはだな、『やってみせ、言って聞かせて、させてみせ、誉めてやらねば、人は動かじ』というのだ。まさしく、君が上手に教えてくれたから、俺も一生懸命になれたんだよ」

私はあえて誰とはいわず、「偉い軍人さん」といった。

「へぇ、次長は難しい言葉も知っているんだ」

その工員は、自らも黙々とロー付けに熱中し始めた。

「横田君、ちょっと来てくれないか」

私はそばにいた横田を手招きした。

「なんでしょうか」

「不良製品を防止する方策として考えているんだが、やはり新入工員には簡単なことから練習させた方がよいのではないか。いきなり一人前として扱うから無理が生じる。社長も同感だといってくれた。間違いを起こさないためにも新人工員の教育をこの際、徹底的にやらねばと思うのだが、どうだろう、横田君の協力がどうしても必要になってくるんだが……」

「わかりました。次長の考えをみんなに伝え、今後の成果を見たいと思います。ところで、次長がさっき話していた『偉い軍人』というのは、山本五十六元帥のことでしょう」

「ほほう、知っていたか」

「私は新潟の出身なもんですから。新潟県人はみな、山本元帥を尊敬していますよ」

「そんなもんかね……」

「ところで小耳に挟んだんですが、次長は軍隊で高森社長と一緒だったそうですね」

「ああそうだよ……」

私は頷いたものの、そのあとの言葉は辛うじて呑み込んだ。それは次の一言だった。

「高森を連れて敵艦に体当たりするはずだったのだ――」

工場長に就く

昭和五十七年も九月に入った。暑さは一向に衰える気配がない。今日は土浦に住む娘の順子の誕生日だ。

岩国海軍航空隊に所属していたとき、家から連絡が入り急いで帰ったら、女の子が生まれていた。当時、住んでいたのは岩国市長久寺小路の、海軍が借り上げていた官舎だった。このとき私は飛行練習生（飛練五十一期）を受け持っていた。その一年後、日本は太平洋戦争に突入する。戦争前のあのころのことが妙に懐かしく感じられる。

十月になると台風が相次いで上陸し、農産物に深刻な被害をもたらした。高森が佐川を伴って綾瀬工場に来たときも、台風の影響で雷雨を伴うあいにくの天気だった。ところがそんな空模様とは裏腹に高森はニコニコしながら、私の耳元で囁いた。

「工務長も真面目に働いているようだし、なによりだ」

「まさしく、雨降って地固まるです」

私が昇進した際、抵抗勢力の一翼を担ったのが工務長だった。私に撚線《よりせん》のボビン外しをやらせるように若い工員に指示したのも彼だったのだが、今ではいうことを素直に聞くようになっている。

「綾瀬の雰囲気もかなり好転した。これも藤田さんが黒子に徹してくれたお蔭だな。それに製品の不良防止策を積極的に進めてくれたから、昨年比でずいぶん減少したようだね」

「次長は工員一人ひとりと面談し、発破《はっぱ》をかけているようです」

佐川が補足した。

「いえいえ、一致団結の賜《たまもの》です」

この年の暮れ、私は大和、綾瀬の両工場長になった。前任者の佐川工場長は取締役に昇進した。工員らはこの予想外の人事、特に私の工場長には驚いている様子である。「また反発があるのかな」と気を引き締めた。

十二月二十三日の午後、従業員全員が大和工場に集められた。高森社長が人事を発表したあと、次のような経営方針を表明した。

「新工場の候補地を昨年来から探していたのだが、それが決定したので、みなさんに報告したいと思い、集まっていただきました。みなさんもご存じの通り、大和も綾瀬も工場は狭く、特に大和の老朽化は著しい。そこで工場を茨城県水海道市《みつかいどう》（現常総市）の工業団地に建設し、新たな拠点とします。よってゆくゆくはみなさんの意向をうかがった上で仕事場を茨城に移してもらうことになるかもしれません。我が社の生き残りを懸けてのことなのです」

「茨城」と聴いて、集まった工員らは喜ぶどころか、一様に顔を曇らせている。無理もない。独身者もそうだが、妻帯者やパートの女性のほとんどは神奈川県内の工場近くに住んでいる。彼ら、彼女らにとって茨城県水海道市への転居は、厳しい選択と思われた。かといって今住んでいるところから水海道市まで毎日通うなど、距離的にも時間的にもしんどい。

「ここの近くにはスーパーや商店街もあるが、向こうには何もないっていうじゃないか。かなり不便な感じがする」

「そんなことより遠過ぎるよ。俺は嫌だな。あんなところでは働く気がしないよ」

さっそく工員らはそれぞれ不安を述べ合っている。私は、

「まず土地に慣れてもらうことが大切だ。今後、従業員の一人ひとりを説得しなければならないな」

と心の中で呟いた。

檄を飛ばす

茨城の新工場建設は急ピッチに進められ、翌年には落成し、早くも得意先や関係者、それに従業員にお披露目された。高森は祝賀と慰労を兼ね、全社員を鬼怒川温泉に招待した。

私は自分の会社が倒産した直後、この温泉街にしばらく身を隠した。そのときは、夜の渓谷から聞こえる水音が耳障りで、うつらうつらしては悪夢にうなされた。夜中に起き出しては涙にくれた。陽が昇っても、一日が永くてなんとも苦痛であった。自分の胸の内を明かす相手もなく、孤独にさいなまれた。何もせずに考え込んでは疲れ、やせ細っていくのを感じた。このとき、実際に体重は五、六キロも減少してしまったのである。

だが、今回は違う。羽振りがよかったころに比べれば依然として質素な生活を強いられているが、今の私には明確な目標がある。そしてその実現に向け、確実に前進している。

「それだけで充分幸せだ……」

温泉宿の部屋の窓を開け、目を閉じ、耳を澄ますと、あのときは淋しく感じられた鬼怒川の流れの音が、胸に心地よく響いた。

昭和五十八年十一月二十一日、真新しい茨城工場に初出勤した。綾瀬工場から茨城に愛車で向かう。高速道路から秋晴れの空をチラチラ眺めながら運転する。富士山が「白い帽子」を被っている。その佇まいから冬の訪れを感じる。工場に着くとさっそく採用予定者全員の面接を行なった。説得の末、神奈川の工場からある程度の工員がこの茨城の新工場に移ったのだが、それだけではまだ人手が足りなかったのである。私はこの日以降、年末まで、神奈川と茨城を往復し、忙しく過ごした。

工場長に昇格し、給与面も以前より厚遇されている。今年も仕事に忙殺された一年であった。娘の子供たちにも少しは小遣いを渡せるようになった。それでも毎月三万円の定期預金だけは忘れなかった。「あのときの恩を返さねば」と脳裏に宿る種火が次第に確かなものになってきたように感じる。

それにしても気がかりなのは、カナダで暮らす保芳のことである。このところ息子からの便りが途絶えがちになっている。

「便りがないのは無事な証拠というが、やはりどうしているのか気になる。それに孫の俊毅や信子はどうなったのか。手紙一本くれればよいのだが」

孫たちの顔を思い浮かべながら年は暮れていった。

昭和五十九年の正月が明けると、また仕事に精を出した。寝ても起きても工場のことを考えていたといっても過言ではない。

「新工場を早く軌道に乗せなければならない」

三月十二日、新入社員の入社式が午前九時から行なわれた。高校卒業見込みの新卒者を含め、新入社員は総勢四十五人である。また、新工場の従業員の平均年齢は二十五歳と若い。そこで私はその壇上から、檄を飛ばした。

一、国、社会、会社、親の期待に沿う人になろう
一、きちんとした挨拶のできる人になろう
一、体力づくりに専念し、豊かな心をつくろう
一、法律、就業規則、作業標準を守ろう
一、我慢する心、譲る心、愛情のある人になろう
一、教養を身につけ、社会に貢献できる人になろう

いずれも私自身がこれまで、自分を律するため順守してきたモットーだった。

四月、高校を卒業した若者も働き出し、職場も活気に満ちてきた。月の売上高も目標の九千六百万円を達成した。五月と六月は一億円が目標である。そんな折、高森から急に呼び出された。

「藤田さん、これからは綾瀬と茨城の両工場の指揮を執ってほしい。来月あなたを取締役に昇格させるつもりだ。とにかく頑張って下さい」

私はこれを機に、生活の拠点を茨城に移すことにした。

第八章
大統領からの手紙

計画を明かす

その日、娘の順子が、土浦でスポーツ店を営む夫の浅倉澄樹《すみき》とともに、茨城工場へやってきた。私が食事に誘ったのだ。近くにできたファミリーレストランで、私は澄樹と久し振りに顔を合わせた。

「澄樹君、この前買ってくれた磁気布団、使っているよ。ありがとう」

「寝心地はいかがです？」

「とてもいい。年寄りには何よりのプレゼントだ。あや子にまで贈ってくれたらしいね。ずいぶんと散財をかけたな」

「たいして高くないんですよ。喜んでいただいてなによりです」

「でも母さん、使ってないみたいよ」

順子がぼそっといった。

「どうしてだい？」

「わけのわからないモノは体に毒だ、私は今までの布団で充分、といって聞かないのよ」

「相変わらずだなぁ」

「父さん、母さんのところへ行ってみたら。もうずいぶん会ってないでしょう。この間も父さんに早く帰ってきてほしいといっていたわ」

「わかったよ。ところで澄樹君、いつも娘によくしてくれて、本当にありがとう。これからもどうかよろしく頼むよ」

　私はそういいながら頭を下げた。

「わかっております。こちらこそ、至らない僕ですが、これからもご指導願います」

「あッ、そういえば父さん、取締役になったんだって？」

「いやいや、取締役っていったって辞令上のことだよ。これまでと変わりはない。今はとにかく工場で一生懸命働くことが一番大切だと思っているから……」

「父さん、体には気をつけてよ」

「うん、苦労はあるが、楽しいんだよ。社長も気を使ってくれているんだ」

「私も感謝しているわ、高森さんには」

「そうかい」

「子供のころ、よく高森さんに抱っこしてもらったことを覚えているわ」

　事情を知らない澄樹はキョトンとしている。

ブルッキングス市、後方はエミリー山

「ところで澄樹君」

私は彼に向き直った。

「今日来てもらったのはほかでもない。実はあることを計画している。それに協力してほしい」

「何でしょう?」

「私が昭和三十七年五月に、アメリカのブルッキングスに行ったことは順子から聞いて知っていると思うけど……」

「聞いております」

「それは私にとって初めての、いや、正確には二度目の渡米で、しかも、償いの旅だったのだ。予想に反して大歓迎を受けた。以来、そのときのブルッキングス市民の善意に何かお返しをしたいと思いながら生きてきた。そして考えついたのが、ブルッキングス市の高校生を何名か来年開催される筑波科学万博に招待する、ということなんだ。これは、日米親善のため、といっては少し大袈裟だが、まあ、ちょっとした草の根の交流とでもいうのかな……」

私はこれまで誰にも語らず、胸の奥にあたためてきた、「ブルッキングス市の高校生を招待する」という計画を初めて打ち明けた。

「へぇー、いいじゃないですか。スケールの大きい計画ですね。私たちもぜひ協力しますよ」

「ありがとう、よろしく頼むよ」

そういうと私はまた彼に頭を下げた。そして食後のお茶を飲み終えると娘夫婦と別れ、茨城工場内の自宅に戻った。

テレビのスイッチをひねると、ちょうど夏の高校野球の決勝戦を中継していた。昨年優勝した大阪代表のＰＬ学園と茨城代表の県立取手二高との対戦だった。ＰＬ学園といえばエースの桑田と不動の四番、清原を擁する最強豪校だ。一方の取手二高は甲子園初出場である。誰もが優勝はＰＬ学園であろうと予想していた。が、結果は「八対四」で取手二高が逃げきったのだ。

「ほほう、意外なことがあるものだ」

とにかく不屈の精神で最後まで戦い抜くことの大切さを、私はこの試合から教わったような気がした。

誕生祝い

残暑がもの凄い。九月になったにもかかわらず「東京の八王子で三十九・四度を記録した」などといったニュースが流れたりしている。工場のスチール製の机はまるで熱板のようになり、ちょっと働いただけで汗が流れ、下着までビッショリと濡れてしまう。

そんな日が二週間ほど続いたあと、ようやく涼しい日を迎えた。今日は「敬老の日」である。私はあや子に久し振りに会うことにした。会社の倒産後、なかなか妻と会えないでいた。

久々に夕食の卓を囲む。気丈だった妻もすっかりふけこみ、

「お父さん、早くこの家に帰ってきてくれないかね」

と懇願するばかりだ。

「もう少し待ってくれ。アメリカへのお返しがまだ残っているんだ。それまでは我慢してくれ。顔はちょくちょく出すから」

翌日、高森社長から電話が入った。

「工場長、これ以上は人を増やさないでほしい。茨城工場でも、やる気のない工員は辞めさせても構わない。無駄な人件費は会社の命取りになる。それと、不良品はだいぶ減ったようだが、

残材処理をもっと真剣に考えてほしい」

　私は対応すべくすぐさま主任の原卓男を呼んだ。

「原君、残材を繋いで資材として活用できないか検討してみてくれ。このところ残材が多くて社長も頭を抱えているようだ。なんとか頼むよ」

「わかりました、任せて下さい。ところで工場長、私からもお話があります」

「なんだい」

「工員たちの間で、工場長の誕生祝いの話が進んでいます。プレゼントは何がいいか聞いてほしいとみんなに頼まれたんです」

「ありがとう。でもプレゼントなどいいよ。仕事を頑張ってくれればそれだけでいいんだ」

「そうはいかないんですよ。工場長は我々の誕生日には祝ってくれているんですから」

「祝うといっても、そうたいしたものじゃないから」

「まあそうおっしゃらず、みんなの気持ちですから」

「そうか、じゃ、ケーキでもいただこうかな。それをみんなで食べようや」

「わかりました。特大のケーキを用意しますよ」

　そういうと原は足早に持ち場に戻っていった。

マーク・ミードの言い分

その数日後、私は、タイム・ライフ社東京支局にエス・チャングを訪ねた。ブルッキングスの高校生を招待する計画を話したかったのである。

「会社を潰してしまい、貧乏だけど、なんとか百万円ほど貯めました。その予算で、ブルッキングスの高校生を筑波万博に招待したいと考えているんです。チャングさんにも協力をお願いできればと思いまして……」

「本当ですか、それは素晴らしい。会社も僕も全面的に応援しますよ」

チャングはそういいながらメモ帳を取り出した。

「何人くらい招待する予定ですか？　ホテルはどうします？　それと何日くらいの滞在にする予定ですか？」

「予算を考えるとせいぜい三人くらいかと……。ホテルはしかるべきところを押さえようと思っています。期間は五、六日間ではどうでしょう？」

「そうですね、そうすると……今のレートだとホテル代は五日間で三人で三十万円くらいかな」

「予算は多少上回っても構いません」

「いや、大丈夫でしょう。あと、招待状を出すのだったら一緒に航空券も送ったほうがいいと思いますよ。交渉の窓口はブルッキングスの青年会議所がいいでしょう。そのことは僕からアメリカの友人に頼むことにします。藤田さん、この件、記事にしますよ」

話がとんとん拍子で進んでいく。やはりチャングに相談してよかったと思うと同時に、その弾んだ声に勇気づけられた。自分の構想が徐々に形づくられていくのを実感した。

一週間後、チャングから電話が来た。

「あれからすぐ友人を介して向こうの青年会議所に打診してみたのですが、早くも藤田さんの計画がブルッキングスで大変な話題になっているようです。昨日は直接、青年会議所のマイク・モーラン会長から電話がありました。そのモーランさんが私費で高校生らを引率してくれるそうです。時期は高校生の夏休みになる七月がいいといっていました。早く日程を決定しましょうよ」

「それはありがたい。では……七月八日の月曜から十三日の土曜日までの六日間ではどうでしょう」

「そのように先方に連絡します。ただ、ちょっとやっかいな問題が起きました」

「何でしょうか？」

「招待者は向こうで選考委員会のようなものを発足させて決める手筈になっているんですが、藤田さん、マーク・ミードという方、知りませんか？」

「さぁ……」

「今から二十二年前、藤田さんを歓迎するパレードで、藤田さんとミス・ブルッキングスが乗るオープンカーの周りをミニカーが動き回っていたことを覚えていますか？」

「それならよく覚えております」

「そのとき、ミニカーを操縦していた坊やが、マーク・ミード君なのです」

「ああ、確かその坊やと握手をしたはずですよ」

「彼が、『僕は誰よりも日本のフジタを知っている。その僕を招待しないのはおかしい』といってきているらしいんです。これにはモーラン会長も困っているようです」

「わかりました。三人の高校生のほかにその坊や、いや彼を例外として認めましょう。私の方で四人を招待することにします。予算はオーバーしても構いません」

「そうですか。それじゃあさっそくモーラン会長にそのように伝えておきます。藤田さん、アメリカ人にはベッド、洋食、水洗トイレにシャワーは最低限、必要ですよ。これだけは完備した茨城県内のホテルを早急に探しましょう」

選ばれたゲスト

昭和五十九年十二月十日、チャングから電話があった。

「藤田さん、ブルッキングス市の高校生三人が決まったそうですよ。昨日、青年会議所のマイク・モーラン会長に電話で確認しました。選考委員会での審査の結果、女生徒三人となったようです」

「えッ、全員女子ですか……」

男子生徒が選ばれるものとばかり思っていた私は聞き返した。

高校の教師四人、青年会議所のモーラン会長ら三人の計七人が委員となり、選考に当たったという。選考委員は二十三人の希望者の中からまず十三人を書類で選抜し、そこから学校からの推薦状をもとにしてクラブ活動と学業の状況を詳しく審査し、最後に面接をして、リサ・フェルプス、ロビン・ソイセス、サラ・コーテルの三人の女子高校生を選んだのである。

「男の子たちは学業の成績が悪かったようです。まあ最近の日本と同じで、このごろの高校生は女生徒の方が何かと活発なんですよ。それに三人とも可愛いブルッキングス娘らしいですよ」

「仕方がないですね……」

「あと招待の日取りですが、春休みという意見も出たらしいのですが、モーランさんはやはり夏休みの七月がよいと考えているようで、その方向でまとめるから改めて具体的な日にちを提示してほしいと話していました」

「それでは前にお話しした通り、七月八日から十三日までとすることにしたいと思います。会長に伝えて下さいますか」

「わかりました」

「本当にいろいろとありがとう。これからもよろしくお願いします」

受話器を置くと私は深呼吸をし、目を閉じた。そして、

「彼女たちにとって有意義な六日間となるように考えていこう。自己満足に陥らないよう細心の注意を払わなければ――」

と己れを戒めた。

アメリカ帰りの男

昭和六十年三月十七日、筑波科学万博が開幕した。

翌日、私は神奈川県のアメリカ海軍厚木基地に車で向かった。高校生が来日した際、基地を訪問してもらえないかとの相談を受けたからだ。

私は運転中、口寂しさをまぎらわすのにガムを噛んだ。この三月から禁煙している。七月に招待する高校生の前でタバコを吸うのはマナーに反する、と自分なりに決めたのだ。

約束通り厚木青年会議所の堀江と厚木基地渉外部の小川がゲートの前で待っていてくれた。案内された部屋で各々名刺を交換した。

「しばらくお待ち下さい、部長が参ります」

間もなく部長がニコニコしながら部屋に入ってきた。どっしりとした体つきである。

「藤田中尉ですね」

部長が手を差し伸べていった。

「えっ……」

「わかりますか？　リチャード・ソノダです」

そういわれても心当たりはなかった。

「あなたが教えた飛練生の中にアメリカ帰りの男がいたでしょう」

私は首をひねった。

「ほら、鹿島海軍航空隊で教官をされていたときですよ」

「………」

「いつもいじめられている二世の飛練生を覚えていませんか？」

私は「二世」という一言でようやく思い出した。それにしてもその男とは面影が違い過ぎる。

「本当にあのソノダなのか？」

私は懸命に記憶の襞《ひだ》を探った。私が覚えているソノダは背の高い細身の優男だった。だが目の前にいる男はでっぷりと太っている。私はまじまじと彼の顔を見つめた。確かに澄んだ目元や鼻筋の通ったところなど似ていないこともない。

「私は卒業の二週間前、事故で怪我をして操縦訓練ができなくなった。そのため卒業が遅れそうになり、同期らが卒業記念の飛行訓練をやっているのを地上から眺め、悔し涙を流したものです。ところがそれを見たあなたが『ソノダは学科に出なくてもよい』といって午前と午後、ぶっ通しで操縦を特訓してくれた。そのお蔭でどうにか同期らと一緒に卒業することができました。これが帝国海軍における私の唯一の楽しい思い出です」

そういって私の手を固く握った。彼は、太平洋戦争を生き抜きアメリカに戻るとすぐアメリカ海軍に入隊したのだった。

「藤田さん、司令官も昼食をご一緒したいといっています。よろしいですね？」

「もちろんです、ソノダさん、いろいろありがとうございます」

基地内の将校食堂の入口でスメルド・バーグ司令官は私を丁重に出迎えてくれた。司令官は開口一番、こういった。

「あなたが我が国の高校生たちを日本に招待して下さることをスターズ・アンド・ストライプスの記事で知りました。恩讐を超えたあなたの好意は日米両国にとってとても良い結果を生むでしょう」

そのあと彼は唐突に、自分の父親の話をし始めた。

「私の父はかつてハル国務長官の秘書官をしていて、野村吉三郎海軍大将が日米交渉に当たったとき、しばしば国務長官室まで野村大使を案内したそうです。そしてあの真珠湾直後のハル・野村会談にも立ち会った。父は今も元気で、曾孫が七人います」

私たちは時間が経つのも忘れて話を弾ませた。

それでも私は、真珠湾に行ったことは、あえて黙っていた。

五人の助っ人

五月六日、水海道青年会議所（現常総青年会議所）のメンバー五人が揃って茨城工場にやってきた。

「ブルッキングス市の青年会議所から、藤田さんをサポートしてほしいとの手紙が来たんです。僕たち五人がお手伝いすることになりました。どうかよろしく」

「助かります、願ったり叶ったり、です」

さっそく彼らに高校生らが来日する七月八日からの滞在日程を詳しく説明した。

「七月八日、成田空港にノースウエスト7便で午後三時四十分に着く予定です」

飛行機はすべてチャングが手配してくれた。航空運賃は四人分で九十万円であった。

「私たちも海外の青年会議所との交流は初めてなんです。必ず成功するよう頑張ります。何なりとお申し付け下さい」

その後も日本青年会議所本部、ソニー、万博協会などから協力の申し出が相次いだ。

「これからが正念場だな」

私は気を引き締めた。

六月二十六日、海外に出張しているチャングから電話が来た。

「モーラン会長には僕の方から受け入れ準備は万端ですと連絡しておきました。その後、変わったことはありませんか？」

仕事先からも電話をくれる彼の優しさが身に沁みる。

「実は綾瀬ロータリークラブから十万円が寄贈されたのですが、どうしたらいいでしょう？」

「その善意は素直に受けた方がいいと思います。それを東京見物の費用に充てたらどうですか」

「なるほど、じゃあそうしましょう」

「それと、ホテルでのパーティーの人数と空港までのバスの手配はどうなりましたか？」

「パーティーの方は月末には人数がはっきりする予定です。バスはホテルの送迎バスを借りられないか交渉しています。駄目なら工場のバスにします」

「それから、一行に付き添う通訳は決まりましたか？」

「それについては、もう今となってはプロの人を雇うしかないのかと困っています。でも、もう少しだけ頑張って探してみます」

「了解、何かあったらいつでも東京支局に電話を入れて下さい。すぐ僕のもとに連絡が来るようにしてありますので。では藤田さん、くれぐれも体調を崩さないように」

「チャングさん、何からなにまで本当にありがとう」

救世主現わる

そのころ、私の頭痛の種はもっぱら「通訳を誰に頼むか」だった。寝ても起きてもそのことが頭から離れず、かといってこれといったアテもなく、正直、あせっていたのである。

ところが思いがけなく、救世主が現われた。筑波大学の学生がボランティアで通訳を引き受けようと連絡してきたのだ。

「拙い英語力ですがお手伝いさせていただきます」

グループのリーダーは筑波大学教育研究科の大学院一年、安部憲文である。

「大助かりです。これまで方々に声をかけてみたんですがなかなか決まらなくて、実のところ困り果てていたんですよ。英語を話せる人って意外と少ないんですね」

「藤田さんが通訳を探していると人づてに聞いたのです。それで、我々の語学力でよければボランティアでやってみよう、ということになったんです」

「ありがとう、これで今回の日米親善も成功したようなものです。みなさんのお蔭です。私は地位も名誉も金もない。それは失礼ながら学生さんも同じだと思います。心を通わせ互いに手を携え、草の根の日米親善を成し遂げましょうよ。お願いします」

「それにしてもアメリカの学生を招待するなんて藤田さんは凄いですね。うちの爺ちゃんなんかと比べてあまりに違い過ぎる」

こういうと彼は屈託なく笑った。

筑波大の通訳ボランティアは最終的に安部、八木真美子、川島浩平、和崎健一、加賀屋美枝、須田聡、杉野智仁、西尾幸代の諸君諸嬢の計八人が交代で務めてくれることになった。このうち留学経験のあるのは川島一人だけだった。

「語学力はちょっと不安だけど、藤田さんに負けず、笑顔で頑張ろう」

これがメンバー八人の合言葉となった。彼らはアメリカの高校生らが来日するまで、英会話に磨きをかけることにした。こうして親子以上の年齢差にもかかわらず、彼らと私との友情の絆は急速に強まっていった。

貴殿の勇敢な行為……

ついに七月八日を迎えた。

「いよいよお客さんのお出ましだな」

私は思わず呟いた。

午後一時、水海道市で、水海道青年会議所のメンバーや通訳ボランティアの筑波大生らをバスに乗せ、成田空港に向かった。バスの運転は田上君が引き受けてくれた。彼は、あの田上艦長の甥である。飛行機は午後三時四十分着の予定だったが、四十分遅れの四時二十分に到着した。

ブルッキングス市からやってきたのは、モーラン会長率いるサラ・コーテル、リサ・フェルプス、ロビン・ソイセスの三人娘と、立派な青年になったマーク・ミードである。それぞれの顔写真を事前に何回も見ていたので初対面の感じがしない。もっともマーク・ミードとは二度目の対面なのだが……。髭が特徴のモーラン会長も、なんだか旧友のように感じられる。ただ三人娘は、写真よりも実物の方がずっと美人である。飛行機の到着が遅れたので気をもんだが、一行はみな元気な顔をしている。

午後七時ごろ、一行は宿舎の土浦東武ホテルに着いた。さっそく歓迎パーティーが開かれ、地元関係者やマスコミも含めた約八十人が出席した。最初に私が挨拶をした。

「みなさま、ようこそおいで下さいました。心から歓迎申し上げます。明日と明後日は国際科学技術博覧会ＥＸＰＯ85をご覧いただき、それから、日本の首都東京を見物していただく予定です。思い起こせば、私がブルッキングス市のアゼリア祭りに招待されたのは一九六二年のことでございました。私は太平洋戦争で、潜水艦に搭載した小型飛行機を操縦し、みなさまが住んでいるブルッキングス市街近くのエミリー山に焼夷弾を投下した張本人です。当時、私は日本帝国海軍の軍人でありました。その敵国の軍人をブルッキングスの市民のみなさまは、戦争の恩讐を超え、大歓迎して下さいました。今から二十三年前のことです」

額の汗をハンカチで拭い、挨拶を続ける。

「いつの日かあのときのご恩を返したいと念願しつつも、自分が経営していた会社が倒産するなど不運が重なり、今日までいたずらに歳月が経過してしまいました。今ようやく、その願いが叶い、みなさまをお迎えでき、嬉しさでいっぱいです。

アメリカと日本は太平洋という広い海原を挟んでいますが、オレゴン州のポートランド空港と成田空港はわずか八時間で繋がっています。みなさまの訪問をきっかけに、今後も日米の友

大統領からの感謝状を披露するモーラン氏

好親善を深めていくことができれば、大変素晴らしいことではないでしょうか。それは取りも直さず、アメリカ合衆国と日本だけの関係にとどまらず、世界の平和と若者の連携の芽が育つことになるのではないでしょうか。年寄りの私ではありますが、太平洋を挟み、今後も交流の道を拓き、互いの友情を分かち合いたいと思います。ありがとうございました」

次に一行を代表し、モーラン会長が挨拶に立った。

「ミスター・フジタ、始めに、レーガン・アメリカ合衆国大統領からの、あなた宛てのメッセージを披露しましょう」

そういって大統領からの感謝状を取り出した。私へのメッセージはサイン入りで、大統領の写真も添えられている。

「藤田信雄元海軍中尉殿、貴殿の厚意と惜しみない友情にアメリカ国民を代表して感謝の意を捧げます。さらに私は、貴殿の立派で、また勇敢な行為を讃え、ホワイトハウスに掲揚されていた合衆国国旗を贈ります……」

そこまで通訳されると会場は「オーッ」というどよめきに包まれた。さらに、モーラン会長は、

「ミスター・フジタに贈るためこの星条旗は、五月一日、ホワイトハウスの国旗掲揚台で丸一日はためかせていたものです」

と説明し、米政府発行の証明書を高々と掲げて見せた。

「エーッ」

またも会場からどよめきが起きる。

「さすがアメリカさんはやはり、我々より役者が一枚も二枚も上手だな」

私は胸が熱くなるのを覚えた（モーラン氏によると、ホワイトハウスにははじめメッセージだけを申請したそうだ。ところが、招くのが日本の元軍人だと知った大統領が、わざわざ感謝状に手を入れ、星条旗も授与するよう指示したのだという。カリフォルニア知事から第四十代大統領になったレーガン氏だが、若いころは陸軍に入隊し、米西海岸に勤務していた。もしかすると彼は「あの日」のことを覚えていたのかもしれない）。

最高の日々

翌日、九日のメインイベントは科学万博見学である。

快晴の中、来日の一行は午前九時にホテルを出発し、まずは双葉電線の茨城工場を訪問した。工場内を見学し、従業員たちと交流したあとで、一行に佐川取締役から記念の扇子が贈呈された。その後、県立水海道二高を訪れ、英会話ができる女子生徒と懇談し、茶道のお点前《てまえ》を教わると、三人のブロンド娘らは感激して「ワンダフル」を連発。続いて一行は水海道青年会議所メンバーの案内で市役所を表敬訪問し、市長をはじめ市幹部らと交歓、昼食をご馳走になり、お礼に市長に記念品を渡した。

それから午後三時、いよいよ筑波の万博会場に入った。主催者の万博協会から二人の係員がガイド役として付き、会場内を案内した。その間、何事かと集まった来場者たちの切るカメラのシャッター音が絶え間なく続く。

ソニーのパビリオン、ジャンボトロンでは、自分らがリアルタイムで映る大画面を目の当たりにした三人娘とマーク・ミードが子供のようにはしゃいでいる。その様子を眺めながら私は、筑波大生の安部と川島を介し、モーラン会長と談笑に耽った。また担当者の計らいで、一行はジャンボトロンの屋上にも案内された。こうして初日が無事、終了した。

「安部君や川島君がしっかり通訳してくれるから思ったより会話に不自由はしないが、それにしても少々、疲れた。今夜から俺も一行と同じホテルに泊まることにしよう」

明日からのスケジュールを思い浮かべ、流れる額の汗を拭う。

そして翌日、万博見学二日目。好天気である。

モーラン会長はビデオカメラを片手に、どこのパビリオンでも撮影に余念がない。マーク・ミードは筑波大生の通訳ボランティアたちに盛んに質問している。特に精密機械に関心があるようで、

「ここには未来がある」

などとしきりに唸《うな》っている。ロビン、リサ、サラのブロンド三人娘も科学技術の進歩に大きな感銘を受けている様子だ。

夕方、ホテルに戻ると、澄樹と順子がアメリカからの一行と筑波大生を土浦駅近くの日本料理店に招待した。ブロンド娘らは「サシミもテンプラも大好き」と、箸を器用に使い、パクパクと食べる。このとき、どこから聞きつけたのか、東京からテレビ局が取材に来ていた。

次の日は東京見物。

「雨が降ってきた。困ったな」

この日は早朝からあいにくの空模様だったのだが、ホテルを出発し、バスが東京タワーに着くころにはすっかり上がっていた。

その後、上野のアメ横や浅草の観音様を見物し、昼は目白の椿山荘でスキヤキパーティーとシャレ込んだ。マーク・ミードやブロンド娘らはさすがに若いだけあって食欲も旺盛で、「デリシャス」を連発しながら盛んに和牛を口に運んだ。

食後、夏の陽射しがいよいよ強くなってきたころ皇居前広場に到着。上着を脱ぎ、流れる汗を拭きながら説明する。するとブロンド娘たちが、

「地下鉄にも乗ってみたい！」

と口を揃えていい出した。人口四千人のブルッキングス市には地下鉄がないのである。私はさっそく地下鉄の入口を見つけ出し、一行を案内する。電車の中でもアメリカの若者たちは人気者で、だれかれなしに話しかけては笑いを誘った。

この日の夜、記者から日本に関する印象を訊ねられるとブロンド娘らは、

「話には聞いていたのですが、実際に来てみてよく理解できました、日本はワンダフルな国です。多くの高校生の中から選ばれてその日本を訪問できたことは大変な幸運です。この機会を

国は違えど、言語は違えど……

与えて下さった藤田さんには大変感謝しています」

といって、近くにいた私に笑顔で手を振ってみせた。

厚木基地訪問などの日程もこなし、いよいよお別れの日。慌ただしい毎日だったが、あっという間に感じられた。とにかく事故がなかったのは幸いであった。

「アリガトウゴザイマシタ」

空港でロビンが片言の日本語でそういい、いきなり私に抱きついてきた。サラもリサも目に涙を浮かべ、何度も私の頬にキスをした。私の胸にも熱いものがこみ上げ、涙が頬を伝う。陽気で快活だった彼女らが一様に涙を流しながら、

「サヨウナラ、サンキュウ」

と、か細くいう。

「ミスター・フジタ、アリガトウ……」

モーラン会長とマーク・ミードの目も、涙で潤んでいる。

国は違えど、言語は違えど、心は通う。もはや言葉が言葉にならない私の声をなんとか聞き取った川島が大声で、最後の通訳をした。

「シー・ユー・アゲイン！」

搭乗口へと向かう三人のブロンド娘とマーク・ミードは何度も振り返りそのたびに、

「サヨウナラ、ミナサン。アリガトウゴザイマシタ！」

と、同じ言葉を口にした。

間もなくロビン、リサ、サラの三人の女子高校生、彼女らを引率してきたモーラン会長、マーク・ミードたちは機上の人となった。二十三年前の恩返しを無事、果たし終えた瞬間であった。視界から遠ざかる機影を私はいつまでも見送った。そして、昭和十七年八月一日、軍令部第三課で高松宮殿下御臨席のもと、私に下されたあの命令を、忠実に、確実に実行したことによって始まった数奇なる人生に、ようやく一区切りをつけることができたのである。

第九章
我が人生に悔いなし

平成元年の運動会

秋晴れが続いている。私が工場長を務める双葉電線の茨城工場では主に地元から従業員を採用している。彼らの多くは農家の子弟である。そのため、この年の春の田植えの時期には多数の欠勤者が出た。

秋の収穫期にも休みを取る者が続出した。この日も十人ほどが休んでいる。

「早く稲刈りが終わらないかな……好天気が続いてくれればいいのだが……」

そう願っていた。

九月の生産量は七十一トン、八千万円の目標には少し足りなかった。十月は前月より少し持ち直しそうだが、それでも、目標には届かないだろう。社内の空気もなんとなく重苦しい。そこで、従業員にやる気を起こさせる手はないものかといろいろ考えたあげく、私は運動会を思いついた。大空の下で全員で汗を流せば気分転換にもなるだろう。さっそく次長と部長に相談してみる。

「実は社内運動会を開けないかと思っている。リフレッシュが目的だが、健康のためにも運動はよいことだし、どうだろうか」

「運動会ですか。高校生のとき以来だな」

次長が目を輝かせた。部長は、

「大賛成ですよ。でも工場長は走れるんですか」

などという。

「まだ若い者には負けられないよ。なにしろ我々の世代はあの戦争のお蔭で体だけは丈夫なんだ」

「いつごろやりますか」

「そうだな、十一月上旬はどうだろうか。そのころなら稲刈りも完全に終わっているだろうし。えーっと……十一月は八日が土曜だから、この日の午前中を出勤扱いにして、午後、運動会とバーベキュー大会ではどうか」

「いいと思います。そうと決まったら会場だけは早めに押さえましょうよ」

「まあ待て待て、まだ社長にこのことを話していないんだ。ところで、社長が許可してくれたら君たちに幹事を引き受けてほしいんだけど、問題ないかな？」

「オーケーです」

私はさっそく電話で社長にうかがいを立てた。

「いいアイデアじゃないか。予算とか費用は心配するな。ただ、派手にやり過ぎて本社の社員から文句が出ないよう慎重にやってほしい」

「その点は充分に心得ているつもりです。ご安心下さい」

「それじゃ任せるよ。俺も参加するかな」

「えッ、本当ですか、そりゃあ盛り上がりますよ」

かくして社内運動会の開催はすんなりと決まった。

たまたま翌日の十月十三日は、私の誕生日であった。「今年は誰からもお祝いの言葉すらない。なきゃないで、いささか寂しいなぁ」などと思っていたら、女子工員たちが私に近寄ってきた。

「今日は藤田さんの誕生日ですよね」

「あぁ、そうだったっけ。この歳になると自分の誕生日など忘れてしまう」

などと、とぼけてみせる。

「これは心ばかりのお祝いです」

彼女たちが差し出したのはカステラと花束だった。

「よく私の誕生日を覚えていてくれたね。驚きだよ」

「だって工場長は私たちの誕生日を覚えていてプレゼントをくれるのに、私たちが藤田さんの誕生日を忘れたというわけにはいかないでしょう」

「優しい心遣いに感謝するよ」

昼過ぎ、高森が工場に出張してきた。

「これ、葉子からのプレゼントですよ」

社長夫人からのわざわざの贈り物である。高森にいわれて開けてみるとそれはイタリー製のネクタイだった。

「ありがとうございます。どうかよろしくお伝え下さい」

その夜、浅倉スポーツ店に電話をかけた。運動会で着るジャージが欲しかったのだ。

「順子、鉢巻とリレー用のバトンなどもあったら工場へ届けてほしい。俺のジャージは一番安いのでいいから」

「父さんも走るの。あまり無理しない方がいいわよ」

「そんなことといったってこの運動会は俺の発案だよ。観ているだけとはいかないさ。あぁそれから、ジャージはお前からのプレゼントだからな」

「どういうこと？」

他人が覚えてくれている誕生日を実の娘が忘れている。

「親子とは皮肉なものだ……」

「何をぶつぶついっているの。あッ、そうか。今日は十月十三日だったわね。すっかり忘れていたわ」

「えッ、お父さんの誕生日か」

電話の向こうから澄樹の声が聞こえる。

「忙しいから忘れていたのよ。いいわよ、トレーニングウェアもプレゼントするから」

「おッ、嬉しいねぇ、じゃあよろしく頼むよ」

これで身支度は万端である。

老骨に鞭打つ

十一月八日、茨城工場初の運動会が幕を開けた。幸いこの日は快晴に恵まれた。水海道市内の「青少年の家」のグラウンドで工場の全従業員が参加。まずパン食い競争からスタートした。この競争は年齢別で行なわれた。最年長はもちろん私で、高森はその十歳下、あとは私から見ればみな「鼻垂れ小僧」だ。若い者に負けじと全力で走る。それにつられたのか高森も歳を忘れてがむしゃらに走った。

次は五十メートル走で、その次が二人三脚。私は女子工員とペアを組み、これにも参加した。運動会の定番「天国と地獄」の曲に合わせて、オイッチニー、オイッチニーと声を掛け合い、二人はなんとか転ばずに完走した。

フィナーレは部署対抗のリレーである。これには六チームが参加した。いずれのチームの選手も「あの部のチームだけには負けられない」と真剣そのものだ。熱戦の末、「撚線部」チームが勝ち、高森社長からトロフィーと金一封を贈られた。

閉会後はバーベキューである。場所を近くの広場に移して炭で火を起こし、鉄板の上に肉や野菜、魚介類がふんだんに盛られた。

「二十歳前後の若者の頑張る姿はいつ見ても頼もしい。我が社の次代を担う人材を育てることがやはり社長である私の最も大切な役目だな」

テントで私と並んで椅子に腰掛けた高森がぼそっといった。

「社長さんも藤田さんも、もっと食べなきゃだめよ」

パートの女性が気を利かし、二人のところまでビールと肉や魚をどっさり運んできてくれた。

「運動会みたいなものは、霞ヶ浦空での各期対抗の棒倒し以来だな。あのころは激しい運動をしてもなんともなかったが、今日はちょっと走っただけなのに息切れがする。それにしても藤田さんは元気だね」

「いやいや、あのころのようにはいかないけれど、なんとか頑張りましたよ。いずれにしても、運動会をやってよかったと思っています。従業員同士の仲間意識を高めるためにも、いい機会だったのではないでしょうか」

「パート従業員の彼女らも大切にしなきゃならんな」

「どうかよろしくお願いします」

「心配だったが、先月の出荷銅量は今年の最高レベルだ。売上金額も予想を上回った。藤田さん、これからもみんなをまとめて出荷量を上げてくれ」

高森はビールを飲みながら発破をかけた。

「ええ、頑張ってやってみます」

「ここを乗りきって茨城工場が軌道に乗れば増産体制がいよいよ整う。今が頑張りどころだ」

「そうですね。そこで……それについて、前々からお話ししようと思っていたんですが、始業ベルが鳴ってからバタバタと持ち場につく者が特に最近、多く見られます。六十人が一分遅れれば一時間の作業時間が潰れることになる。五分では五時間です。実にもったいない。だからこれからは、従業員は五分前に持ち場につき、始業ベルと同時に機械を動かす、これを徹底させようと考えています」

「後発航期罪……」

「……そう、海軍の五分前精神ですよ」

帝国海軍では軍艦などが出航する際、それに乗り遅れて乗船できなかった者は「後発航期罪」で重営倉（禁固刑）に処せられた。それゆえ海軍では「五分前精神」が徹底されていたのだ。

「海軍の五分前精神を現代に生かすというのも悪くないかもな……」

高森はそう呟くと、ビールをグッと飲み干した。

ブルッキングス再訪

平成二年が明けた。一人暮らしの私のもとに小包が届いた。見れば「年賀」とあり、送り主は「高森葉子」となっている。開けてみると英国製のネクタイとイタリー製のカラフルなハンカチがセットで入っていた。心のこもった、しかもオシャレな贈り物である。すぐに高森家に電話をかけた。

「新年、明けましておめでとうございます。素晴らしい贈り物をいただき、感激しております」

「藤田さんなら上手に使っていただけると思って。それより、主人が藤田さんは自分よりよっぽど体力があるようだって驚いていましたよ」

「パン食い競争で社長に勝ったからでしょう」

「まあ、昔と全然お変わりないじゃありませんか。どうか今後とも主人のことをよろしくお願いします」

我が家に居候していたころと変わらない彼女の優しさが嬉しかった。受話器を置くと、なんだかチャングにも新年の挨拶をしたくなった。

「チャングさん、新年に当たって誓いを立てたんですよ。今年はなんとか、五月のアゼリア祭りに合わせてブルッキングスに行こうってね。たぶん、体力的にはまだ大丈夫だと思います。そのとき、できるなら、祭りに一役買うためにも、鯉のぼりを持っていこうかと思うんですが、どんなもんでしょう」

「鯉のぼりか、面白いアイデアだな。僕も一緒に行きたくなりましたよ。今月ちょうど西海岸に取材に行く予定なんです。そのときにモーラン会長と会って、話してみましょう」

「相変わらず忙しいんですね。老人の私がいうのもなんですが、体に気をつけて下さいよ」

五月二十四日、チャングに宣言した通り、私は二十歳の孫、由美を伴い、ブルッキングス市に向け出発した。水海道青年会議所の二人とチャング、それに彼の友人の永井も一緒だった。一行の荷物は重い。特に鯉のぼりはかなりの重量である。

空港に着くと、オレゴン州からブロックリー海軍大佐が水兵を従え、出迎えに来てくれていた。大佐は略装ではなく第一種軍装の姿である。おそらく私に敬意を表してくれたのだろう。彼は一行の荷物をテキパキと水兵に運ばせ、チャーター機の待機する国内線のエプロンまで我々を乗せて自ら搬送車を運転した。元軍人に冷たい日本では考えられないことだ。双発のセスナ機は十人乗りである。そのタラップの前で、ブルッキングス商工会議所のコナリー会長が待っていた。セスナ機は昼過ぎ、ブルッキングス飛行場に向け飛び立った。間もなく高度約三千メートルで水平飛行に移った。するとブロックリー大佐がパイロットと何やら相談し始めた。

「藤田さん、あなたに操縦してもらおうじゃないか、と話していますよ」

チャングが耳打ちした。

「まずいな、大丈夫かなぁ、もう何十年も操縦してないからな。だがまぁ、一丁やってみるか」

と、のんきに応じる。

意を決し、操縦室に移る。パイロットと席を替わり、そこから窓外に目をやったとき、私は

「あッ」と思わず叫んだ。なんとそこには四十八年前と変わらぬレッドウッドの壮大な光景が広がっていたのだ。

興奮を抑え、操縦桿を握った。気を引き締める。フットバーがやや重い。高度計や速度計、傾斜計、コンパスなどを睨みながら機速を保つ。約一時間、操縦を続け、ブルッキングス飛行場に無事、舞い降りた。機内からドッと喝采が起きた。

ワンダフル、カープ

一行はブルッキングス市長差し回しのリムジンに乗り込んだ。エミリー山のふもとまで来たところで休憩を取った。チャングの友人の永井が辺りのレッドウッドを見上げながら、

「樹木の先が天空と繋がっているようだ。屋久島の縄文杉とはちょっと違う。確かに見事だ」

としきりに感心している。

リムジンはレッドウッドの森林地帯を縫うように走り、ようやく市街地に出た。宿舎にチェックインし、一息つくとすぐに、鯉のぼりを揚げるのに適した場所を探し歩いた。電力会社の大きな鉄柱が街の中心に建っている。

「あの鉄柱はどう？」

「高さは申し分ないなぁ」

「よし、あれに決めよう」

「コナリーさん、交渉してもらえますか？」

「わかりました。善は急げだ。ひとっ走り行ってきましょう」

「コナリーさんは商工会議所の会長だから電力会社にも顔が利くでしょう。鯉のぼりをオレゴン州の大空に揚げるのは、あくまでも日米親善を願ってのことなんだから。それにきっとブルッキングスの子供らも喜んでくれると思うよ」

チャングがしたり顔でいった。まるでコナリー会長を誰よりも知っているような口ぶりだ。今回はブルッキングス青年会議所のモーラン会長の友人であるこのコナリーが、私らの応援役を買って出てくれている。

ほんの十分ほどで、コナリーがニコニコしながら戻ってきた。

「オーケーですよ。これも藤田さんの人気の賜ですね。かえって宣伝になるといって喜んでいました」

「ありがたいことです」

すぐに電力会社の社員たちがやってきた。取り付けは自分たちでやるという。彼らは私の指示で、鯉のぼりを次々に掲揚した。鯉のぼりはオレゴンの風を大きく吸い込み、五月晴れの大空に翩翻《へんぽん》と泳ぎ始めた。たちまち見物の人垣ができる。

「ジャパニーズ・カープ、ワンダフル！」

と子供の一人が空を見上げながら叫んだ。

「日本では男児が生まれると、四月下旬ごろから鯉のぼりを揚げ、その子の成長を願うんですよ。端午の節句というんです」

私の蘊蓄《うんちく》をチャングが大声で通訳する。

「なぁんだ、男の子のためのお祝いか」

一人の女の子が口を尖らせた。

「女の子のためのお祭りは三月三日で、ひな祭りといいます。日本では男女で祝う日が異なるのです」

「そうなんだ、それを聞いて安心したわ」

たちまち爆笑の渦が起きた。

「なるほど、アメリカの女の子は活発だな」

と私は頷いた。

身に余る栄誉

ホテルに帰ると、例のブロンド三人娘の一人、ロビン・ソイセスがロビーで待っていた。モーラン会長が前もって知らせていたのだ。二人は思わず肩を抱き合った。彼女の両親が運転する二台の車で彼女の自宅へ行くと、リサとサラが、家族を伴い待っていた。リサ・フェルプスはオレゴン大学に入学し、日本語科に通っているという。あのとき通訳を買って出た川島浩平とはその後も文通しているようだ。

ロビン家のディナーは盛りだくさんである。中でも私が最も驚いたのがケーキである。大きなケーキの上にチョコレートでつくった潜水艦と零式小型水偵が飾られている。聞けば、三人娘の合作という。甘党の私はさっそくケーキに手をつけた。自分の愛機に見とれながら、夜が更けるのも忘れて思い出話に花を咲かせた。

翌朝、市役所を訪問。市長と助役が玄関で我々を迎えてくれた。

「お待ちしておりました。お疲れではございませんか。明日はいよいよアゼリア祭りのパレードです。充分に楽しんで下さい。藤田さん、あなたの再訪を機に、当市は条例で、五月二十五日を『藤田信雄デー』と定めました」

「えッ、それは……身に余る光栄です。私が爆撃した地にそのような日ができるなど思いも寄らぬことです」

翌二十六日、待ちに待ったアゼリア祭りのハイライト、パレードがスタートした。朝から天気が崩れたので中止になるかと心配したが、午後は持ち直した。三人娘らとともに市が用意した特別席から観覧した。すると地元紙の記者がやってきて「藤田信雄デー」の感想を訊いた。

「このような栄誉を与えて下さった市民のみなさまに、心より感謝申し上げます。これからもブルッキングスのみなさまを心の拠り所として生きてまいります」

そう力強く答えた。

次々に繰り出されるパレード。行列が延々と続く。祭りは最高潮に達した。オープンカーに乗ったミス・ブルッキングスが沿道の市民に愛嬌を振りまく。その上を、鯉のぼりが、悠々と泳ぎ回っている。オレゴン州の大空にたなびきながら鯉のぼりは、パレードにも負けない雄姿を披露していた。

バブルのおこぼれ

十一月、今上天皇の即位に伴う最大の行事、大嘗祭《だいじょうさい》が宮中で厳かに行なわれた。テレビは中継で放映している。すると画面に、大嘗祭に反対するグループのデモが映し出された。

「歴史を知らない連中はこれだから困る。日本の古来からの文化伝統を守り、それを子孫に伝えてゆくべきだ」

私は苦々しい思いで画面を見ながら、そう考えた。

そのころ、日本人の勤勉さは高度成長を経て「バブル」という未曾有の好景気をもたらしていた。私もその恩恵にあずかり、高森の勧めもあって、ちっぽけな中古の一軒家を購入した。

この日は休日だったが十数人が出社し、機械を動かしていた。そこで午前中、工場へ出てみた。工員らに「ご苦労さん」と声をかけ、工場内の機械の具合を見て回った。

午後は、買ったばかりの「カローラ」を運転し、浅倉スポーツ店に向かった。澄樹に新車を見せたかったのだ。彼に昼食をご馳走になった。

「前のライトバンより馬力があり、ハンドルも軽く、運転しやすい。ここまで来るのも楽でいいよ」

「それじゃあ遠乗りもできそうですね」

「そうだね、思いきって買ってよかったよ。それに、前の車は充分元を取ったからな」

「走行距離はどのくらいでした？」

「十三万キロを超えていたよ」

「それは凄い。タクシー並みだ」

「父さん、現金で買ったの？」

気になるのか、順子が台所から食器を洗いながら訊いてきた。

冬のボーナスを当て込んで現金で支払ったのだが、あや子がせっせと貯めた三十万円を内金にしたことは、いわなかった。

「大切に使えばこの車も十年は持つだろう。十年後まで果たして生きているかどうか、それはわからないが……」

「母さんに聞いたんだけど、英会話の勉強をしているんだって？」

「八十の手習いのつもりで、通信教育の『やさしい英会話』というのを始めたんだ」

「へぇー、どうして？」

「また渡米するかもしれない。そのときに片言ぐらいは喋りたいと思ってね。ところが『やさしい英会話』というが、これがとても難しいんだよ」

「気長にやればいいのよ、八十の手習いなんだから。一カ月分の教程を二カ月かけてでも無理せずにやればいいのよ。ボケ防止のつもりで」

「相変わらず口が悪いな、でもそれは一理あるよ」

オレゴンの日本刀

翌日、久し振りに都心に向かった。チャングから「話がしたい、食事でもどうか」と誘われたのだ。

約束の時間に遅れ、レストランに着いたのは午後一時近くになっていた。

「珍しいですね、いつも五分前に現われる藤田さんが遅刻するなんて」

「実は車で来たんですよ。チャングさんに見せようと思ってね。ところが凄い渋滞に巻き込まれちゃって、いや申しわけない」

「ハッハッハ、そうでしたか」

料理がテーブルに運ばれるとチャングはすぐに切り出した。

「藤田さん、あなたのアメリカ爆撃を映画にできないかと思っています。脚本は今、私が書いています。もう八割方、書き上げました。それでディテールを少し教えてほしいんです」

「えッ、映画ですって……映画になんかなりますかね？」

「まぁ、任せて下さい」

チャングは至って真顔である。

「そうですか。で、質問とは……」

「零式小型水偵の翼の支柱は何本くらいあったのですか？」

「確か十本かなぁ……十二本だったかもしれない」

「あれと同じ飛行機、今もどこかにありますかね？」

「オーストラリアの水上機パイロット協会が数多くの日本軍の水上機を保存しているそうです。協会に問い合わせてみたらどうです」

「連絡先、ご存じですか？」

「ずいぶん前に手紙を貰ったことがあるので、探してみます」

さらにチャングはイ25の艦内の様子や飛行時の服装、水上戦闘機強風のことなど、私を質問攻めにした。

「平成四年は爆撃から五十周年に当たるので、ブルッキングスを訪問しましょうよ。そのとき、ブルッキングスに住んでいる『トラ・トラ・トラ！』の映画プロデューサー、エルモ・ウィリアムズさんに相談してみようと思います。脚本ができ上がったら真っ先に送りますよ」

一週間後、脚本が郵送されてきた。表紙に『オレゴンの日本刀』というタイトルが付けられている。読んでみるとなかなかの労作で、かつ力作である。数日後、早くも、

「読んでいただけたでしょうか」

という電話が来た。

「ええ、高森社長にも見せたんですが、さすがタイム誌の大物記者の作品は違うなぁ、としきりに感心していましたよ」

「藤田さんは？」

「びっくりしましたよ。緻密な描写もいいと思います。それにしてもよくここまで調べましたね」

「それはよかった。藤田さんに納得してもらえれば、それでいいんです」

「ただ欲をいえば、特攻隊が編成された場面ですが、潮来の旅館で我々が泣きながら肩を組んで『同期の桜』を歌った、あのときのことをもっと詳しく書いてもらいたかったと思いました」

「オーケーです。あそこをもっと膨らませましょう。あぁ、それからラストは、鯉のぼりかパレードの場面かの、どちらかにするつもりです……」

チャングの熱のこもった話は、とどまるところを知らなかった。

日本のお父さん

私は平成四年九月、チャングとともに渡米した。今度は記念すべき節目の訪問である。昭和十七年九月九日、オレゴン州に焼夷弾を投下して、ちょうど五十年が経ったのだ。

私とチャングは九月七日、ロサンゼルス空港に到着し、市内のホテルに宿泊した。ホテルの窓からはロサンゼルスの町並みがよく見える。

ロサンゼルスは大都会だが、高層ビルは町の中心に集中し、ハイウェイが四方八方に伸びている。道路は広く、片側六車線のところもある。しかも車は高速で流れるので東京のような渋滞はない。

夕食はホテルのレストランで「スキヤキ」に舌鼓を打った。

翌朝、二人はホテルを出発し、タクシーでロサンゼルス空港に向かった。そこから午前七時半発の飛行機に乗り、一時間ほどでサンフランシスコ空港に到着、そこで娘夫婦や孫たちと合流、ユーレカ行きの小型機に乗り込んだ。

ユーレカ空港には、約束通り元海兵隊員のハロルド・バワーズが迎えに来ていた。彼とは昭和三十七年以来の付き合いである。一回り年下の彼はしばしば来日し、私を「日本のお父さん」と呼んでくれている。彼が運転するバスのような大型乗用車に乗り、ブルッキングス市内に向かった。まだ明るいうちに彼の自宅に到着した。バワーズの友人たちが玄関で待っていた。ゲストルームにプールもある豪邸である。

「お疲れになったでしょう。シャワーでも浴びて下さい。みなさんの部屋は、それぞれ割り振っておきましたよ」

といってバワーズが各々を部屋に案内した。

やがて部屋で一服した私は、水着姿でプールに向かった。

「久し振りに泳いでみるかな」

「父さん、やめなさいよ。万が一のことがあったらどうするの。大事な行事が控えているんだから」

「そうだよ」

孫たちも同調する。

「無理はしないから、大丈夫さ。これでも水泳は海軍にいたころから得意だったんだよ」

「それは若いときの話でしょ。もう歳なんだから……」

「バワーズが水着をわざわざ用意してくれていたんだよ、彼の自慢のプールなんだ。泳がないわけにはいかないよ」

「仕方ないわね」

プールの水面が夕日に映え、雲母《うんも》を散りばめたように光っている。私は勢いよく飛び込んだ。こうして泳ぐのは何十年ぶりだろう（鹿島空にも訓練用のプールがあった。なぜか霞ヶ浦で泳ぐことは禁止されていた）。海軍で覚えた泳法で私はゆっくりと泳ぎ、元気さをアピールした。しかしプールから上がると、さすがに疲れを感じた。無理もない、私は八十一歳の老体なのである。

夕食はバワーズ家自慢の手料理、それに地元名産のワインも出た。

翌九月九日は、私にとっては、エミリー山に焼夷弾を投下した日である。我々は朝早くバワーズの運転で、映画『トラ・トラ・トラ！』の成功で名を馳せたエルモ・ウィリアムズの別荘を訪ねた。ウィリアムズはすでに悠々自適の身である。家はブルッキングス西海岸の見晴らしのよい崖の上に建っていた。屋敷の大きな窓には朝の波光が輝き、空の青さを映す穏やかな海が見える。まさに「天水一碧《てんすいいっぺき》」の風情である。

　夫人のもてなしで朝食をご馳走になる。その間もチャングとウィリアムズは書斎でしきりに話し込んでいた。

　一行は再びバワーズの車に乗り込み、ウィリアムズも同乗し、ブルッキングスの市庁舎に向かった。市長に贈った軍刀が錆びついていないか気になっていたのだ。私が自決用に携行した日本刀が、皮肉なことに今では「日米友好のシンボル」として市長室に飾られている。

「市長さん、軍刀の錆び、心配していたんですが、これだと、まぁ、まぁですね」

「そうですか。ときどき職員に手入れさせているんです。それはそうと藤田さん、来年夏、いよいよ図書館が完成しますよ。オレゴン州では最高の蔵書を誇ることになると思います」

　ブルッキングスの人口は約四千人。小さな町である。図書館建設は市民の願いだった。私からそれを聞いた高森が建設費を寄付したのである。

「図書館内に日本刀も展示する予定です」

「そんなことまでしていただいて……。社長の高森にも伝えておきます。もっとお話をうかがいたいのですが、これからエミリー山に行くので、ここらで失礼いたします」

「おッ、そうでしたね。私も自分の車で追っかけますから」

と、若いヘンメル市長も立ち上がった。

第二の故郷

ブルッキングスの市役所から一時間ほどで、車は緑の深い山に入った。舗装されていない山道を前後左右に揺れながら車は進んだ。大男のバワーズがハンドルを取られまいと必死で運転している。車の振動はますます激しくなり、車輪が砂塵《さじん》を巻き上げる。

「これ以上は無理だ」

バワーズはとうとうギブアップした。全員が車から降りた。これから先は徒歩である。爆弾投下地まで、地元の人たちが「フジタ・トレイル」と名づけた林道を上り下りする。私はヘトヘトになりながらも歯を食いしばり、汗を拭き、水分を補給し、みなに遅れまいと必死に歩き続けた。

「頑張るんだ。これから日米友好の最後の仕上げをするんだから――」

ようやく目的地が見えてきた。我々を待っていた森林警備員たちが手を振っている。いよい

爆弾投下記念碑

よ、五十年前に空の上から眺めた地を、自らの足で、踏みしめるのである。

高さが百メートルを超えるレッドウッドの巨木が天空に聳えている。その合間から晴れ渡った秋空が見える。五十年前の出来事が昨日のことのように思い出される。

半世紀前に爆弾を落下した地点には、森林警備員が建てた標識板があった。それには次のような説明文が添えられていた。

「日本軍爆弾落下地点。第二次世界大戦中、アメリカ大陸に落とされた唯一の爆弾」

やっと辿り着いた。

私は肩で息をしながらいった。

「それでは最初に、あの不幸な戦争で犠牲になった方々に黙祷を捧げましょう」

一分間、瞳を閉じ、日米の英霊を追悼した。

それから私は、森林警備員が用意してくれた一本のレッドウッドの小さな苗木を、標識板の傍らに植えた。その周りにヘンメル市長、ウィリアムズ、バワーズ、それにチャング、娘夫婦、孫らが土をかけた。私の頬を涙が伝った。

山からの帰路、チャングが、

「お疲れではないか？」

と訊いた。私はポツンといった。

「五十年かかった。やっとできましたよ。あの一本の苗木で、私が米本土に及ぼした被害の償いが……。これでかつての敵地に第二の故郷を持つことのできる身になりました。私は本当に幸せ者です」

「同期の桜」

平成五年八月十九日、私は、予告もせずに、会社に辞表を出した。本社から高森がすっ飛んできた。事務室に入るなり、

「次長、悪いけどしばらく二人きりにさせてくれないか。あぁそれから、鰻でも取ってくれないかな」

といってソファーにどっかと腰を下ろした。

女子事務員たちも気を利かせて席を外した。

「出し抜けにどうしたんだい」

「こうでもしないと社長に引き止められると思いまして」

「理由ぐらい聞かせろよ」

「十三年間、八十二歳になるまで働かせていただきました。そろそろ後進に道を譲るべきだと思います。普通であれば六十歳が定年ですから遅過ぎたくらいです」

「いや、それにしたって急過ぎるよ。それじゃあ、辞表は受けとる。だがせめて週に二、三度は工場に顔を出してくれないか」

「いえ、それは私のモットーに反します。三人の次長は私が鍛え上げましたから、誰がなったって明日からでも工場長が務まります」

「そうか……。それでは退職金のほかに報奨金を出すことにしよう」

「それもお断わりします。十三年間お世話になっただけでも……」

私は涙ぐんだ。

「よしわかった。じゃあ、送別会の幹事は俺がやる。これくらいはいいだろう?」

送別会は工員たち行きつけの「峻《たかし》食堂」を借りきって行なわれることになった。

九月十四日、別れの日が来た。私は工場で従業員一人ひとりと握手し、礼をいった。終業後、送別会が開かれた。

私が挨拶に立った。

「八十二歳の今日までどうにか働いてこられたのは、ひとえにみなさまのお蔭です。ただただ、感謝の気持ちでいっぱいです。何とお礼を申し上げてよいやら、その言葉も見つかりません」

この日ばかりは、普段は断わる酒を、自分でもあきれるほどよく飲んだ。ビールを次々につがれ、ふらふらになった。まさに宴もたけなわである。すると突然、顔を赤く染めた高森が立ち上がって歌い始めた。

♪貴様と俺とは同期の桜
同じ「鹿島空」の庭に咲く

私もよろよろと立ち上がり、高森と肩を組んだ。

♪咲いた花なら散るのは覚悟
　見事散りましょ　国のため

それは、あれからの五十年の道のりを、まるで走馬灯のように巡るフィナーレだった。

最後の夢

それから四年後のことである。平成九年の夏ごろから、胸の辺りが痛み出し、いいようのない圧迫感に襲われるようになった。九月に入ると、いよいよ耐えきれなくなり、私は水海道市内の病院で診察を受けると、そのまま入院となった。

入院して二週間が経った九月二十九日、看病に来た順子がいった。

「チャングさんから電話があって、ブルッキングス市が父さんに名誉市民の称号を贈ることを決めたんですって。それを伝えるためにバワーズさんが明日、成田に着くそうよ」

「えッ、なんだって……名誉市民だなんて……。そんな立派なものを貰っていいのかな。バワーズさんにも申し訳ないなぁ」

「チャングさんが外務省にも知らせなくては、といっていたわ」

「いいよいいよ外務省なんて。彼に、無理するなっていっておいてくれよ」

「うん、電話しておく。父さん、早く元気にならなくちゃね」

「そうだな……」

帰り際、

「じゃあ明日バワーズさんを病院に連れてくるからね」

「それならヒゲでも剃っておくかな。じゃあ待ってるよ」


この日、私は夢を見た。

昭和十七年一月十六日、イ25潜水艦が南洋のクェゼリン泊地に寄港していたときのことだ。クェゼリンにはヤシの木が生い茂り、その中に海軍の飛行基地があった。湾内にはイ25だけではなく、第六艦隊の各艦が集結していた。私らは朝から上陸が許可されたので、さっそく洗濯に精を出した。潜水艦での生活は苦しく、水には特に悩まされていたのだが、この日、イ25は湾内の母艦に横付けされ、真水をたっぷり補給された。一滴の水が貴い潜水艦での生活である。この際とばかりに衣類を引っぱり出し、洗濯をする。どの被服もべっとりと湿り、カビすら生えている。航海長も電信長も機関長も、水兵と一緒になって褌を洗った。ほかの水上艦と違ってここではビンタもなければシゴキもない。潜水艦乗りの運命は「死なばもろとも」で一蓮托生である。彼らの、若く屈託ない笑顔が浮かんでは消えた……。

あとがきに代えて

ブルッキングス名誉市民として……

日米開戦八十年の今年（令和三年）、父をテーマにしたドキュメンタリー映画『サムライ・イン・ザ・オレゴン・スカイ』（イラナ・ソル監督）がアメリカで公開されます。私は試写で観ましたが、製作に五年の歳月をかけただけあって、史実に沿った筋立てで、ハートがあり、かつ技術が高い作品に仕上がっています。父が生きていたら、さぞ驚いたことでしょう。

父は、平成九年九月三十日に他界しました。その日の明け方、私は電話で至急来院するよう告げられ、夫と駆けつけましたが、間に合いませんでした。八十六歳の誕生日まであと二週間足らず、奇しくも「ブルッキングス名誉市民」伝達の日に、藤田信雄は波瀾の人生に幕を下ろしたのです。

「亡くなる前、何か申しておりましたでしょうか？」

私は医師に訊ねました。

「朝方、しきりにうわ言を漏らされていたようです」

「うわ言を……？」

「看護師はよく聞き取れなかったようです。ただ、断片的に、『シンジュワン、オクダ、イクゾ、スイッチ・オンダ』『コウコクノコウハイ、カカリテ、コノセイセンニアリ』ということをいったと、メモにありますが……」

私は思わず、

「なにも最後に戦争のことなんか思い出さなくてもいいのに」

と声を上げてしまいました。

「入院されたとき藤田さんに、持っても半年ほどのお命かもしれないとお話ししておいたのですが、ご存じでしたか？」

「何も……」

ちょうどそこに、ハロルド・バワーズさんが、私の息子の運転で駆けつけてきました。病室に入るなりバ

「オレゴン上空のサムライ」

ワーズさんは、

「プリーズ、プリーズ、ゴッド、ヘルプ、ミスター・フジタ！」

と叫び、その場に泣き崩れてしまったのです。

バワーズさんが持参した名誉市民章には次のような文字が刻まれていました。

「布告
オレゴン州ブルッキングス市議会
藤田信雄氏は長年に及ぶ我が市の友人であるとともに我々の誇りでもある。

氏は我が市のいわば親善大使として尽力され、我が市に寛大なる贈り物と精神の慈しみを与えた。

氏は二つの文化を分かち合うことにより平和の絆を創り上げ永遠に失われることのない功績を残した。

よってブルッキングス市議会は氏を名誉市民として讃え永久に顕彰することを決議した。

一九九七年九月二十二日　ブルッキングス市長　ナンシー・ブレンドリンガー」

レッドウッド

父は荼毘《たび》に付されました。

告別式では、チャングさんが弔辞を読んで下さいました。

「弔辞。

この痩せぎすの巨人と最初にお目にかかったのは、かれこれ三十五年も前になります。ご存じのように、藤田さんは正式名称『零式小型水上偵察機』というわずか全長八・五メートルの可愛い飛行機で歴史をつくった。

藤田さんが爆撃した山を下りたところに、ブルッキングスという町があります。私は何度か藤田さんと一緒にこの町を訪問したことがあります。この町の名物は毎年五月末に行なわれるツツジ祭りのパレードです。戦後十七年、一九六二年のグランド・マーシャル（メイン・ゲスト）に、主催者のブルッキングス青年会議所は藤田さんに白羽の矢を立てた。ところがブルッキングスからの招待状を受け取って度肝を抜かれ、目を白黒させたのが、翼をなくした我が荒鷲君であった。無理もない。自分の国で藤田さんが英雄らしく扱われたことは一度もないのですから。

そのころ、このグランド・マーシャルは土浦市で金物店を経営していた。そこで私はタイム誌の記者として初めて藤田さんにお会いしたのです。これが我々の三十五年に及ぶ交友の出発点となりました。やむを得ないことではあるが、そのとき藤田さんは一度、ブルッキングスに行くと『ぶっ殺されるのではないか』と本気で考えていました。そのため私はアメリカ人の気質を説明した上で、渡米を強く勧め、最後には『絶対に大歓迎されます。保証します』とまでいった。結局、藤田さんは決心して、また太平洋を渡った。今度は零式ではなくパンナムで飛んだわけであります。

案の定、ブルッキングスは町を挙げて日本からの英雄をもてなし、オレゴンの新聞は連日、トップでその歓迎ぶりを報道したのです。そのときの心境を藤田さんはこう語ってくれたことがありました。『我々日本人には、かつての敵をこんなにまで歓迎する心の余裕があったであろうか』と。ここで藤田さんは、自分が『アメさんにコテンパンに打ちのめされた』ことを悟ったのです。これが彼にとって、本当の終戦だったのかもしれません。それ以来、私のファックスはブルッキングスとの通信で忙しくなりました。

一九八五年の夏、三人のブルッキングス娘がやってきました。藤田さんがコツコツ積み立てた貯金をはたいて招待したのです。この一行を案内したときほど、嬉しそうな藤田さんの顔を見たことはありません。このことを知ったレーガン大統領は『貴殿の厚意とかつての勇敢な行為』を讃え、藤田さんにメッセージと星条旗を贈りました。私は長く外国誌の記者をやっていますが、超大国の大統領がこれほど強い賛辞を個人、しかも旧帝国軍人に与えるなど聞いたことがありません。それなのに藤田さん、ごめんなさい、アメリカ政府からはこうして花輪まで届けられたというのに、日本政府からは何の挨拶もない。あなたは日本政府ができないことをやったにもかかわらず、悲しくて残念です……」

THE NEW YORK TIMES OBITUARIES

Nobuo Fujita, 85, Is Dead; Only Foe to Bomb America

After the war, the pilot and Oregon embraced, saving him from seppuku.

日本のマスコミとは対照的に、著者の死去を大々的に報じるニューヨークタイムズ

翌年の平成十年、夫と私は渡米し、父の一周忌をエミリー山の爆弾投下地で営みました。父と親交のあった通産省研究官の野村晴彦さんが奏でる日米両国国歌のフルートの音《ね》が森林にこだまする中、ハロルド・バワーズさんやエルモ・ウィリアムズさんら総勢十数人の手で、投下地の傍らに、父の遺灰は、遺言通りに葬られました。そ

して次々に線香を手向け、最後に夫が感謝の思いを述べました。

「爆撃から五十六年、父は本当に、ブルッキングス市民になったのです……」

ふと見上げると、立派に根を張り、たくましく成長した、父の植えたレッドウッドの木が、何事もなかったかのように私たちを見晴らしていました……。

【参考文献】
『我　米本土爆撃成功せり！』近森正博著、私家版
『アメリカ本土を爆撃した男』倉田耕一著、毎日ワンズ
『太平洋戦争アメリカ海軍作戦史』サミュエル・モリソン著、中野五郎訳、改造社
『伊25号出撃す』槇幸著、光人社
『タイム記者が出会った「巨魁」外伝』エス・チャング著、新潮社
『南太平洋に死す』佐々木確治編、非売品

解説

エス・チャング

忘れられた天才

第二次世界大戦中、アメリカで戦意高揚のため威勢のいい題の本が出た。『GOD IS MY CO-PILOT』、（神のみぞわが副操縦士）と訳しても異論はあるまい。著者は、むろんアメリカの戦闘機乗り。バリバリと敵を撃ち落としたとある。しかし自分は神様のおかげで、一度も撃墜されることはなかったと誇らしげに書いてあった。

このベストセラーを数年前読んだとき、心に浮かんだのが旧日本海軍の「下駄ばき」と呼ばれた水上機のことである。重いフロートをつけて、小さいエンジンで飛んだ。遅鈍きわまりない蚊トンボのような下駄ばきは、敵戦闘機パイロットにとっては、まさに空のsitting duck（動かぬアヒル＝理想的な標的）のように見えたのではあるまいか。

反対に、この「アヒル」を操縦した水上機乗りのなかには、死神を自分の副操縦士と観念したご仁もおられたのではないかと、その本を読みながら同情もしたものであった。

むろん例外もいたに相違ない。その証拠が、わが畏友・藤田信雄氏の興味津々たる存在である。

水上機の操縦者として、この旦那はまさに天才ではあるまいかと思うことがある。終戦まで総計六千時間も飛行して、かすり傷一つも受けなかった。太平洋戦だけでも、北はアラスカから南は豪州のタスマニアまで、自分の下駄ばきで前後十回も敵地上空に遠慮なくおじゃました。

この旦那のロッグブック（飛行記録）で、最たるものが米大陸（ハワイではない）爆撃である。後にも先にも、藤田さんが米本土の空爆を敢行した唯一のパイロットである。

そのときの目標もでかい。オレゴン州の密林である。その作戦で、アメリカ国防当局の作った伝説、すなわち、米本土は外敵の直接攻撃には不可侵の聖域であるというあの神話、これを紙屑にした。

戦時中は機密保持ということで、この人の名前はついに公表されなかった。また戦後は、澎《ほう》湃《はい》として起こったアンチ軍国主義の波のなかで、完全に忘れ去られた。

それからもう一つ。

決死のオレゴン爆撃を行ったこのパイロットが、今やアツアツのプロアメリカン（親米派）

チャンピオンに変身してきたから、「太陽の下で変わることのないものはない」と断言した哲学者は正しい。

憎しみなき心

私は旧日本海軍の空戦猛者という方には、二、三お目にかかった。たとえば真珠湾攻撃を空から指揮した淵田美津雄氏。ゲンダサーカスの源田実氏。それからゼロ戦で撃墜記録をたてた坂井三郎氏。

素朴と正直を絵にしたようなわがポン友に、そんな方々のようなスターめいた雰囲気はない。生まれは九州の寒村。エリティストとはいえない旧海軍の准士官を長年にわたってつとめた。心の温かい典型的な日本の地方人である。

しかし、ことフロート付き水上機の操縦ということになると、長い日本の航空史のなかでも、彼の右に出るパイロットを探すのはむずかしいのではあるまいか。

それだけではない。あとで解説めいたことをするが、この天才は危険きわまりない潜水艦からのカタパルト射出飛行を専門とした。

このずば抜けた操縦の腕前が日本海軍のトップをして、アメリカの敵としては前人未踏の爆撃行に、このスキッパー（機長）を選ばしめた理由であろう。

森林放火作戦

日本帝国海軍軍令部は、藤田さんの記憶では、今の東京地方裁判所付近にあったという。話はその奥まった一つの会議室から始まる。

一九四二（昭和十七）年八月はじめのことであった。

横須賀の母艦・最新鋭の潜水艦イ25より軍令部に出頭を命ぜられた藤田さんは、そのとき二十九歳。

案内された会議室には、数人の参謀将校がいた。それに昭和天皇の弟君で海軍士官をしておられた高松宮のお姿も見えた。

一人の准士官が、皇族の参加する会議に列席を許されたことは、当時としては異例のことであり、いかに海軍上層部がこの水上機乗りの腕を買っていたかが、わかる。

会議はすぐ本題に入る。米本土爆撃だという。その瞬間、「自分の血がたぎる」のを感じたと、藤田さんは述懐した。

壁にアメリカ大陸西海岸の地図が掲げられたとき、自分の目は、その上をそれこそ目まぐるしく、目標と考えられる地点から地点へと移ったともいう。

サンディエゴの海軍基地か。カリフォルニアの航空機製造工場か。それともサンフランシスコへの殴り込みか。

この興奮は一瞬にして消える。出された命令は奇妙きてれつ、山火事を、起こせというのである。

宮様の副官という将校が、ここで力説した。

西海岸の大森林で火事が起きると、消しようがない。多数の住民が、何週間も何カ月も、手のつけようもない焦熱地獄に恐れおののき、心身ともに疲労困憊してしまう。

「これほど、敵国民の戦意を阻喪《そそう》させるに効果的な方法は、ほかにはない」と断言した。

オレゴンの森

よりによって森に放火しろとは、なにごとか。藤田さんの失望の念は深かった。

しかし、命令は命令である。高松宮に最敬礼をして、軍令部をあとにした。

藤田さんのオレゴン州作戦を、ドン・キホーテの巨大な風車との格闘と比較することは可能であろうか。

乗ったのはロシナンテという疲れた迷馬ではなく、「アヒル」であり、攻撃目標は風車どころのさわぎではない。茫洋とした太平洋岸の原始林であった。

藤田さんの愛機の正式名称は零式小型水上偵察機（有名なゼロ戦とはなんの関係もない）。この水上機と爆撃目標のサイズのコントラストが、少なくとも一つの喜劇的エレメントを提供する。これだけは間違いない。

お考えあれ。藤田機の全長わずか八・五メートル。最近のジャンボの長さが七十メートルということを思い出すと、そのミニミニぶりが想像できよう。

低翼複座。エンジン出力は、わずか三百四十馬力。巡航速度八十五ノットというから毎時百五十八キロに相当する。今どき普通の乗用車ならテストコースで軽く出せるスピードである。

なんのことはない。寸法と馬力では、戦後の日本に多数輸入された小型セスナなみである。私の知っている幼稚園の坊やは、一度このセスナを見て感嘆の声をあげたものである、「アッ、カワイー」と。

こんな可愛い水上機で、藤田さんは歴史を作った。

ちっぽけな空のミジェットと対照的に巨大なのがオレゴンの密林である。その代表的なモンスター樹木がレッドウッドで、高さ百メートルに達するものが多い。

暗い森のふところから雲つくばかりの超弩級《どきゅう》針葉樹を見あげると、「老樹森々として聳える」という古い形容が全く新しいインパクトをもって生き返ってくる。

魔の森である。そんなところに、わずか七十六キロ（こんな体重の人なら、今の日本ではゴマンといる）の焼夷弾で劫火《ごうか》を巻き起こそうとしても、多雨であったその年の秋においては、全くMission Impossible（話にならない作戦）であった。

最後の整理

八月十五日（日本降伏のちょうど三年前の日にあたる）、極秘のうちに潜水艦イ25は横須賀を出港した。

太平洋横断。それから母艦は悪天候をついて米本土西海岸沖を北に南に、目標設定のための隠密航行をした。

その間、藤田さんは「最後の整理」を行う。まず家族宛ての遺書を書く。それから、航行と爆撃を担当して同乗する奥田省二兵曹と「緊急の場合の手順」を決める。

緊急の場合とは不時着水に追い込まれたときをいう。その当時、作戦完了のあとの帰投にあたって、母艦を見つけることは至難のわざであったという。

自動誘導装置なるものも、そのころはもちろんない。いかに精密な航行法をもってしても、母艦とのランデブーにいたる最後の行程は、勘と肉眼によって、なんの目標もない大海原に時とするとケシ粒のようにしか見えない母艦を発見しなければならない。

それまで、幾多の作戦で藤田さんは母艦を見失うことはなかった。しかし、その発見が不成功に終わらないという保証は、いつもない。それから、敵襲から逃れるため潜水し、藤田機の燃料の切れるまで母艦が浮上できないという可能性は常にある。

そのとき、どうするかである。

奥田兵曹と、話し合いのうえその手順を次のように決めた。不時着水の場合、①まず暗号書を海に沈める、②機体が急速に沈没するように破壊する、③お互いに自決する。

③のとき、どんな手段を用いるかということを、私は藤田さんに尋ねたことはない。ただあるとき、米本土攻撃のころ、自分が死についてなにを考えていたかを分析してくれたことがあ

る。

「死を私たち軍人が恐れていなかったといえば、それは嘘です。私の場合、生への執着から脱却できると思ったことは、ただの一度もなかったですよ」と、いった。

日本を離れる前から、藤田さんは戦時体制のアメリカが全土にわたっていかに多数の空軍基地を持ち、また防空システムが完備しているかということを十分承知していた。一度米本土上空に到達すると、敵から必ず発見されると観念していたようである。

たちまち殺到するアメリカの戦闘機から雨のような砲火を浴び、撃墜されるのは時間の問題とも確信していた。

「そのときは、どうするか。いくら考えても、答えはただ一つで、結局武人として恥ずかしくない最期を遂げること、これだけを祈っていました」と、打ち明けてもくれた。

甲板上の魔術

九月八日、ついに天候回復。日没直後に母艦は浮上する。その位置はオレゴン州の南端に近いブランコ岬沖であった。

まず海岸、それに岬の突端にある灯台を、望遠鏡で綿密に偵察する。軍事施設らしいものは、見えない。夜のとばりが下りたあとも、この観察は入念に続く。

その後の模様を、藤田さんは克明に、グラフィックな細部にいたるまで、二、三度にわたって説明してくれたことがある。ここでは、その要約だけを再録してみる。

翌朝、九月九日のことである。出撃の準備は日の出前から始まった。海は凪。秋空には宝石のようにまばたく無数の星。白いさざ波が母艦の舷側を流れる。静寂。ブランコ岬灯台のビームが不気味であったという。

飛行用意は、順調に進行した。

司令塔前の気密格納筒から解体された飛行機の本体、翼、エンジン、プロペラ、それにフロートが飛行整備員によって魔術のように引き出されて、組み立てられ、たちまち形を整える。飛行機がカタパルトに固定されると母艦は風上に向かって全速力を出す。藤田さんと奥田兵曹は、艦長田上明次中佐と出発の敬礼を交わして零式に搭乗する。

エンジン発動の号令は英語である。

「コンタクト！」（これを見ても、「敵性語」の排除に情熱を傾けた旧日本陸軍とは全然異なった雰囲気が旧海軍にあったことがわかる）

爆弾の安全ピンが外される。エンジン全開。暗闇に赤い発進ランプが振られると、カタパルトはガアーンと耳をつんざくような音を立てて、作動し、藤田機は射出される。

問題はいつもこの瞬間である。射出直後、飛行機は自重で、一度ガクンと高度を落とす。しかも、このとき藤田さんの愛機は七十六キロ爆弾二発というエクストラ荷物を積んでいる。それにカタパルトは、母艦の喫水《きっすい》線上わずか数メートルの甲板にある。ここで波頭とでも接触しようものなら、それこそ死のキッスとなる。しかし、またこの敵前テイクオフも無事故であった。

それから、ポコポコと灯台の真上を飛んで、九十キロ敵空域に侵入したときに、高度三千メートルに達する。

後方にはアラスカからパナマにいたるまでの雄大な海岸線。前方は山また山。その果てしない山脈の各所に航空灯台がピカピカと光った。ちょうどそのとき巨大な太陽が地平線から現われて、目に映るものすべてを黄金色に染めたことも、藤田さんは憶えていた。

戦争は地獄

目標を決めて、わがポン友は伝声管（同乗員との音声伝達のためのクダである）に、奥田兵曹への号令を二度叫び込んだという。

「ヨウーイ、テーッ」（用意、撃て）

二つの黒い東京からの贈物が、両翼の下からはなれる。同時に偵察員は機体から半身乗り出して密林に吸い込まれるように下降する日本からのプレゼントを視線で追う。

しばらくして、遥か下界で線香花火のような光が走るのが見えた。爆発である。

このときご両人の喉から出た雄叫びは、まことに散文的であった。

「ヤッター！」

ここで反転。またポコポコと引き返す。母艦発見。着水。タクシーイング。母艦に横付けになると、司令塔の横から小さいクレーンの腕がのびて、藤田機をピックアップする。

すると、例の整備員の一群が数分で飛行機をまた魔術のように分解して収納する。母艦は急速に潜って姿を消す。

終わってみると、歴史的な飛行はまことにあっけないことであった。

二十日後、藤田さんは田上艦長と検討の末、一番警戒が薄いと思われる地点を爆撃した。前回と全く同じ密林をドカーン、ドカーンとやったのである。それで、この作戦を完了した。

むろん、すべてがピクニックのようにまいったわけではない。第一回目の帰投直後に突然現われた敵双発機の爆撃を、間一髪の差で逃れ、それに続いた熾烈な水雷攻撃を海底にへばりついて避けた。

十月二十四日、母艦はとにかく無事に横須賀へ帰還した。

では戦果は、どうであったか。

アメリカ側の資料によると、二発の爆弾がアメリカスギに命中し火災を起こした。その木は落雷にでもあったように裂かれていた。しかし残りの焼夷弾については、いったいどこでどう爆発したのか、今もって不明。森の魔がパクンと呑み込んで、ケロンとしてきたことになる。

ということは、この作戦の戦果はほとんどゼロということになる。

もっとも山林放火作戦の非現実性を最初から一番よく知っていたのは、藤田機長その人ではあるまいか。

天を焦がすほどの山火事を巻き起こすには、ハリケーンなみの烈風が必要である。

しかし、そんな悪天候で母艦が木の葉のようにもてあそばれるときは、いかに天才の操縦技術をもってしても、カタパルト射出飛行は、それこそインポッシブルである。

飛べるのは凪か、ほとんど無風のときのみである。実際、非常に穏やかな気象状況のもとで、藤田さんはオレゴン上空を飛んだ。当然の結果として、直接効果はゼロになった。間接効果、主に米国民への心理的影響、これも同様であったと考えても、かまわないようである。

結果から見ると、数本の木を折るため、世界最大級の潜水艦が百人におよぶ乗組員の生命を危険にさらして二カ月も太平洋をウロウロし、ご苦労な飛行を藤田さんに命令したのである。

「戦争は地獄」と、定義づけたのは南北戦争のときの一将軍であった。この定義も、いい線をいっている。

パールハーバーに日本海軍が最初に殴り込み、翌年四月には空母ホーネットからドゥーリットル爆撃隊が日本本土に殴り返し、そのまた返礼のために藤田さんが選ばれた。そうして、原爆。終戦となった。

写真提供／浅倉順子
カバーデザイン・本文ＤＴＰ／長久雅行

わが米本土爆撃

第一刷発行――二〇二一年六月六日
第四刷発行――二〇二一年八月一日

著者――藤田信雄
編集人――祖山大
発行人――松藤竹二郎
発行所――株式会社 毎日ワンズ
〒一〇一―〇〇六一
東京都千代田区神田三崎町三―一〇―二一
電話 〇三―五二一一―〇〇八九
FAX 〇三―六六九一―六六八四
http://mainichiwanz.com

印刷製本――株式会社 シナノ
©Nobuo Fujita Printed in JAPAN
ISBN 978-4-909447-15-9
落丁・乱丁はお取り替えいたします。

絶賛発売中！

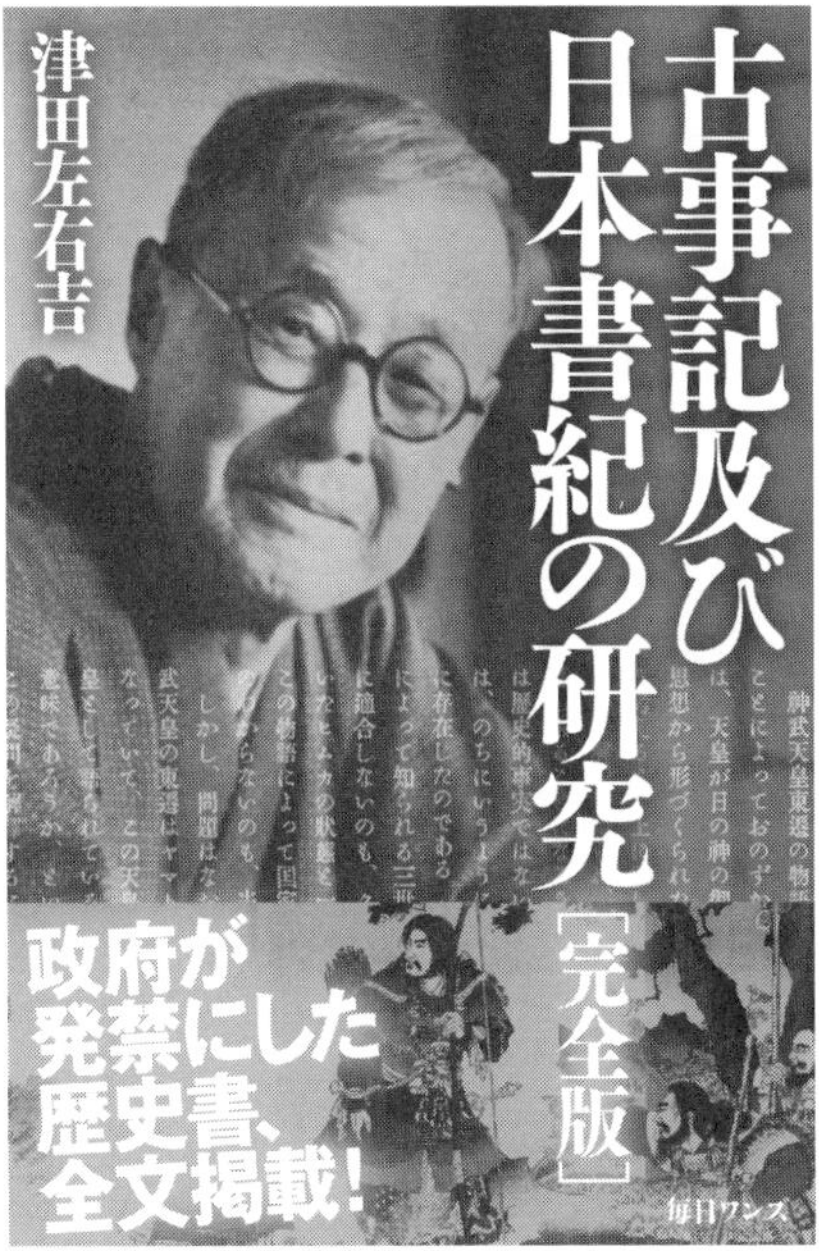

古事記及び日本書紀の研究［完全版］

津田左右吉 著

ISBN 978-4-909447-12-8　352頁　定価1,400円＋税

絶賛発売中！

ノモンハン秘史［完全版］

元大本営参謀 辻 政信 著

ISBN 978-4-909447-11-1　302頁　定価1,100円＋税

絶賛発売中！

潜行三千里 完全版

元大本営参謀 **辻 政信** 著

ISBN 978-4-909447-08-1　304頁　定価1,100円＋税